史诗

文化百科

民族英雄赞歌

周丽霞　编著　胡元斌　丛书主编

汕頭大學出版社

图书在版编目（CIP）数据

史诗：民族英雄赞歌 / 周丽霞编著. -- 汕头：汕
头大学出版社，2015.2（2020.1重印）
（中国文化百科 / 胡元斌主编）
ISBN 978-7-5658-1590-4

Ⅰ. ①史… Ⅱ. ①周… Ⅲ. ①少数民族文学—英雄史
诗—诗歌史—中国 Ⅳ. ①I207.209

中国版本图书馆CIP数据核字(2015)第020926号

史诗：民族英雄赞歌　　　　　　SHISHI：MINZU YINGXIONG ZANGE

编　　著：周丽霞
丛书主编：胡元斌
责任编辑：汪艳蕾
封面设计：大华文苑
责任技编：黄东生
出版发行：汕头大学出版社
　　　　　广东省汕头市大学路243号汕头大学校园内　邮政编码：515063
电　　话：0754-82904613
印　　刷：三河市燕春印务有限公司
开　　本：700mm×1000mm 1/16
印　　张：7
字　　数：50千字
版　　次：2015年2月第1版
印　　次：2020年1月第2次印刷
定　　价：29.80元
ISBN 978-7-5658-1590-4

前 言

　　中华文化也叫华夏文化、华夏文明，是中国各民族文化的总称，是中华文明在发展过程中汇集而成的一种反映民族特质和风貌的民族文化，是中华民族历史上各种物态文化、精神文化、行为文化等方面的总体表现。

　　中华文化是居住在中国地域内的中华民族及其祖先所创造的、为中华民族世世代代所继承发展的、具有鲜明民族特色而内涵博大精深的传统优良文化，历史十分悠久，流传非常广泛，在世界上拥有巨大的影响。

　　中华文化源远流长，最直接的源头是黄河文化与长江文化，这两大文化浪涛经过千百年冲刷洗礼和不断交流、融合以及沉淀，最终形成了求同存异、兼收并蓄的中华文化。千百年来，中华文化薪火相传，一脉相承，是世界上唯一五千年绵延不绝从没中断的古老文化，并始终充满了生机与活力，这充分展现了中华文化顽强的生命力。

　　中华文化的顽强生命力，已经深深熔铸到我们的创造力和凝聚力中，是我们民族的基因。中华民族的精神，也已深深植根于绵延数千年的优秀文化传统之中，是我们的精神家园。总之，中国文化博大精深，是中华各族人民五千年来创造、传承下来的物质文明和精神文明的总和，其内容包罗万象，浩若星汉，具有很强文化纵深，蕴含丰富宝藏。

　　中华文化主要包括文明悠久的历史形态、持续发展的古代经济、特色鲜明的书法绘画、美轮美奂的古典工艺、异彩纷呈的文学艺术、欢乐祥和的歌舞娱乐、独具特色的语言文字、匠心独运的国宝器物、辉煌灿烂的科技发明、得天独厚的壮丽河山，等等，充分显示了中华民族厚重的文化底蕴和强大的民族凝聚力，风华独具，自成一体，规模宏大，底蕴悠远，具有永恒的生命力和传世价值。

在新的世纪，我们要实现中华民族的复兴，首先就要继承和发展五千年来优秀的、光明的、先进的、科学的、文明的和令人自豪的文化遗产，融合古今中外一切文化精华，构建具有中国特色的现代民族文化，向世界和未来展示中华民族的文化力量、文化价值、文化形态与文化风采，实现我们伟大的"中国梦"。

习近平总书记说："中华文化源远流长，积淀着中华民族最深层的精神追求，代表着中华民族独特的精神标识，为中华民族生生不息、发展壮大提供了丰厚滋养。中华传统美德是中华文化精髓，蕴含着丰富的思想道德资源。不忘本来才能开辟未来，善于继承才能更好创新。对历史文化特别是先人传承下来的价值理念和道德规范，要坚持古为今用、推陈出新，有鉴别地加以对待，有扬弃地予以继承，努力用中华民族创造的一切精神财富来以文化人、以文育人。"

为此，在有关部门和专家指导下，我们收集整理了大量古今资料和最新研究成果，特别编撰了本套《中国文化百科》。本套书包括了中国文化的各个方面，充分显示了中华民族厚重文化底蕴和强大民族凝聚力，具有极强的系统性、广博性和规模性。

本套作品根据中华文化形态的结构模式，共分为10套，每套冠以具有丰富内涵的套书名。再以归类细分的形式或约定俗成的说法，每套分为10册，每册冠以别具深意的主标题书名和明确直观的副标题书名。每套自成体系，每册相互补充，横向开拓，纵向深入，全景式反映了整个中华文化的博大规模，凝聚性体现了整个中华文化的厚重精深，可以说是全面展现中华文化的大博览。因此，非常适合广大读者阅读和珍藏，也非常适合各级图书馆装备和陈列。

目 录

格萨尔王传

江格尔

格萨尔王

　　《格萨尔王传》是我国藏族人民集体创作的一部伟大英雄史诗，它卷帙浩繁，内容丰富，气势磅礴，是世界上唯一的活史诗，在我国西藏、四川、内蒙古和青海等地区，有上百位民间艺人传唱着英雄格萨尔王的丰功伟绩。

　　《格萨尔王传》蕴含着原始社会的形态和丰富的资料，代表着古代藏族文化的最高成就。史诗从生成、基本定型到不断演进，包含了藏民族文化的全部原始内核，具有很高的学术价值、美学价值和欣赏价值，被誉为"东方的荷马史诗"。

饱含浪漫主义色彩的史诗

　　那是公元1世纪前后至公元6世纪，这时正是藏族氏族社会解体至奴隶制形成时期，在藏区有互不统属的众多部落和若干小邦，相互之间兼并战争不断，人们饱受着战乱之苦。

　　在这种情况之下，人们都非常期盼能够有一位智慧与力量并重的英雄，拯救他们脱离这种生活，于是人们就开始想象有一位英雄人物的出现。

　　到了6世纪初，从雅砻河谷崛起的吐蕃王，在青藏高原上征服了许多小部落，成为了青藏高原上的最强势力之一，人们看到了英雄的力量。

　　于是，人们为了纪念自己钦

佩敬仰的英雄，便把他们超人的智慧和力量，以及他们的丰功伟绩，再结合自己的愿望，集中在一个人身上，这个人就是他们想象中的英雄人物——格萨尔。然后他们用口头叙述的形式把自己心中的英雄说了出来，唱了出来。

随着人们口口相传，并不断得到丰富和发展，这就形成了藏族独有的重要艺术形式的史诗，这便是《格萨尔王传》。

在《格萨尔王传》开头一段便说：

这时候，人间正是一个非常混乱的时期，妖魔鬼怪到处横行，各个地方差不多都被他们霸占着，善良无辜的老百姓遭受他们的欺凌和迫害，没有好日子过。

的确，这正是当时藏族地区奴隶社会的现实。与此同时，随着佛教传入藏族地区，人们的思想也受到了很大影响，这便为《格萨尔王传》增添了一抹宗教色彩。

在6世纪以前，当地藏族居民信奉着一种原始宗教叫"苯教"。苯教俗称"黑教"，是植根于西藏原始社会时期的一种巫教。苯教崇拜万物有灵，以动物为牺牲来祈福消灾，占卜吉凶，驱鬼辟邪。

传说吐蕃先王以苯教治理，直至7世纪时，苯教首领在赞普部落中，还保持较高的地位。7世纪初，松赞干布建立了吐蕃，为了促进吐蕃的文明富强，他先后与唐王朝和尼泊尔联姻，迎娶了唐王朝的文成公主和尼泊尔的尺尊公主，还建造了大昭寺和小昭寺，供养着两位公主带来的佛像、经典和佛教法物等。

松赞干布还派遣了以大臣吞米桑布扎为首的16名贵族后裔去印度留学，并仿效印度梵文，创造了藏文。松赞干布运用新创的藏文，翻译那些在印度留学贵族带回来的大乘佛经，开始了西藏的译经。

　　松赞干布还依佛说的十善法制定了法律，又规定了16条人道伦理法规，提倡人们信仰佛教。

　　到了赤德祖赞时代，就是704年至755年，佛教才逐渐在吐蕃境内传播开来。

　　在这一时期，随着佛教的广泛传播，佛教经典中的人物故事、语言风格、价值观念等，对藏族的文学繁荣发展起到了很大促进作用，所以在《格萨尔王传》流传中，关于格萨尔的身世，就打上了强烈的佛教和苯教色彩。

　　《格萨尔王传》中描述，据说在很久以前，在上方天国里，住着一位白梵天神。他的妃子名叫绷迥杰姆，他们夫妇一共生了3个儿子。大儿子名叫顿尕，二儿子叫顿雷，三儿子叫顿珠尕尔保。顿珠尕尔保是3个儿子当中最小的一个，他聪明英俊，智慧过人，诸般武艺，样样精通。

　　在此时，下界人间正是一个非常混乱的时期，妖魔鬼怪四处横行。大慈大悲的观音菩萨看到人间发生的这一切后，顿生怜悯之心，将所看到的一切报告给了白梵天神，请求派遣一位神子下凡拯救人间灾难。

经过反复考虑，白梵天神决定派遣3个儿子当中的一个下凡。大家都说顿珠尕尔保这个孩子虽然很小，却聪明伶俐，英勇异常，如果派他到人间降伏妖魔，必能旗开得胜，马到成功。

白梵天神虽然同意派一个儿子下界降伏妖魔，但究竟派哪一个呢？心里还是犹豫不决。于是，他把3个儿子都叫到面前说道："我心爱的儿子们，你们3个给我仔细听着，现在下界人间，妖魔横行，百姓每天遭受蹂躏迫害，生活在水深火热之中。你们3个都是我的心头肉，都像我的眼珠一般，哪一个我都心疼。

但是，现在人间百姓有了灾难，我们岂能视而不见、坐视不救呢？所以，无论如何，你们3个当中要有一位到人间去降伏妖魔，究竟谁去好，你们自己商量吧！"

3个孩子听完父王的一番话后，就在一起商量起来。商量来商量去，除了相互推诿以外，谁也不愿自告奋勇。最后，顿珠尕尔保想了一个万全之策，他说："我们用射箭、抛石子、掷骰子比赛来决定各自的命运吧！"

两个哥哥欣然同意了他的这个办法。经过激烈而紧张的比赛之后，下凡的使命便落在小儿子顿珠尕尔保的身上。顿珠尕尔保的母亲知道此事后，便告诉儿子人间不像天国这样幸福。先下去看看，如果确实很苦，就另外找人顶替。于是顿珠尕尔保就变成一只鸟，离开天国，飞向人间。

顿珠尕尔保飞到了一个大地方，这个地方名叫岭尕尔，是一个平坦的大草原，草原上散布着牧民们居住的黑牦牛帐篷，犹如天上的群星散落在地上，这是一个景色非常美好的地方。

但是，这里居住的人们却生活得非常悲惨。他亲眼目睹岭尕尔到处妖魔横行，百姓生活在水深火热之中，这使他十分震惊。

于是，顿珠尕尔保快速飞回天国，向父母禀报了他在人间所看到的一切，表示下决心要到人间，为民除害，为百姓造福。

他向父王索要了各种武器，有盔甲、弓箭、战马、鞍具、帐篷，父母还给他准备了卜卦、预言、下凡降生地点、投胎母亲、烧茶做饭的妻子等。

住在莲花光宫殿的莲花生大士，开始为神子顿珠尕尔保寻找投生父母的种族和门第。他看到藏区有6个原始氏族，即竹贡居如族、达隆噶司族、萨迦昆氏族、法王天氏族、琼波鸟氏族和乃东神氏族，这些种族虽然高贵，但是，土地、庶民和教化之土等都不适宜顿珠尕尔保的生长。

莲花生大士再把注意力集中在了那噶竹董三族、色穆冬三族和白扎达三族，发现其中的穆布冬族，祖上出自玛桑念神，这一族中有一个国王名叫曲拉潘，他有3个儿子，长子名叫戎查叉根，次子叫晁同，幼子叫僧隆。

在这3个儿子中，唯有幼子僧隆贤德善良，心地宽宏，品性温和，血统纯正圆满，曾是位大菩萨的种姓，所以就把僧隆选为了神子顿珠尕尔保投胎人间的父亲。

莲花生大士认为神子顿珠尕尔保的生母应该来自龙族，而顶宝龙王有一个女儿，她是地遁空行母，可以设法把她招到人间，去做神子的生母。

同时，莲花生大士还让光明佛母投胎到人间，去做顿珠尕尔保在人间的妻子。还让全身武装的战神九兄弟，也一并跟顿珠尕尔保投胎到人间。

另外，莲花生大士还赐给顿珠尕尔保一匹马头明王加持过的宝马，这样就能保证顿珠尕尔保在人间的事业顺利完成。

莲花生大士这样全面考虑以后，对神子顿珠尕尔保说道："你要到荒芜的雪域藏土，去教化那里难以调教的众生，我要给你指明一切缘起的条件，请你牢记在心！"

神子顿珠尕尔保听了莲花生大士的教诲，便立下了誓言：

抑强扶弱，惩处妖魔，拯救生灵，做黑头人的君长的。

从此，神子顿珠尕尔保在天界死去了，开始投胎人间。这个转世投胎到人间的神子顿珠尕尔保，便是后来的格萨尔。

从萨格尔投胎转世的这部分可以看出，他是释迦佛的弟子，是莲花生大士的遣使，他有高超的密宗修持功夫，是人神之间唯一的结合体。

因此，他的智慧、英明全有赖于佛的启示。由此看来，佛教对

《格萨尔王传》的影响是十分深远的。

苯教对格萨尔的影响体现在宇宙观上。在《格萨尔王传》中，格萨尔是作为天界中白梵天神的三王子、中界念神的后裔和下界顶宝龙王的外孙出现的，其血统之特别高贵，跟苯教的宇宙观有着密不可分的关系。

苯教把世界分为了天界、中界、下界三个部分。天界住的是天神，中界住的是地祇，下界住的则是龙神。这三种神灵以不同的方式主宰着人类自然界中的一切。

而格萨尔正是集天神、地祇和龙神于一体的人，所以才能够带领将士四处讨伐妖魔，建立一个祥和的国家。因此，苯教对《格萨尔王传》的影响也是巨大的。

在10世纪初，西藏地区进入封建社会，原来割据一方的吐蕃大臣，又积极开展复兴佛教的活动。不过，这时兴起的佛教，在与苯教进行的长达300多年斗争中，开始互相吸收和融合，并随着封建因素的增长，形成既有独特地方色彩，又有深奥佛教哲学思想的地方性佛教，即藏传佛教。

总之，在藏族社会发展的几个重要时期，佛教与苯教都对《格萨尔王传》的创作、流传和发展产生过影响，各个重

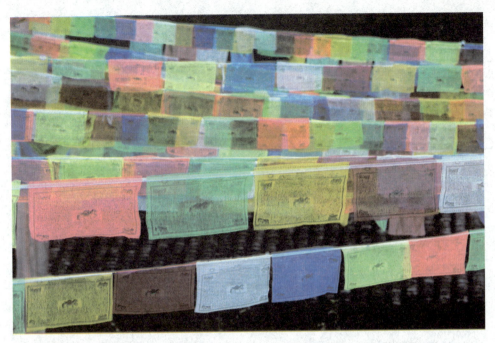

要历史时期的发展变化，都在这部史诗里得到直接或间接的反映。

宗教意识使格萨尔王具有超凡脱俗的能力，史诗也因此带上了浓厚的浪漫主义色彩。

拓展阅读

苯教对《格萨尔王传》的影响还体现在，格萨尔对敬神仪式的重视。苯教以自然神崇拜为主，尊奉的皆为天地、山林和水泽中的神鬼精灵，认为他们主宰着世界万物。

为了告慰这些神灵，苯教十分重视对他们的祭祀，有煨桑、跳神、占卜和祈禳等宗教仪式。在这诸多仪式中，煨桑是在战争举行前举行的。

因此，在《格萨尔王传》中有关战争的场景中，经常可以看到煨桑的仪式。

融入史诗的藏族英雄形象

在7世纪至9世纪，不仅佛教和苯教进行了融合，这同时也是吐蕃王朝的鼎盛时期。

在这一时期，吐蕃王松赞干布施展宏图大略，终于通过发展生产，创立文字，制定法律，确立官制和军制，建立起了以赞普为中心的集权奴隶主贵族统治，使吐蕃社会和藏族人民进入了一个全新的时代。

人们为了纪念松赞干布，就将他一生中很多大的事迹都融合在了《格萨尔王传》中。所以，吐蕃历史上的很多事件都与《格萨尔王传》中的许多重要情节吻合。

不管是统一青藏高原的战

争，还是与生活在这块土地上的其他民族的大融合，或者是与周围邻国之间的战争，都在《格萨尔王传》中得到一定的反映。

在史诗《格萨尔王传》的壮阔画卷中，描述了格萨尔出生后被陷害的场面，这表现的就是吐蕃王朝早期内部争夺王位的残酷场面。

在史诗中，神子顿珠尕尔保投胎到了岭部落。在人间的南瞻部洲有一个号称穆布冬的游牧部落叫"岭尕尔"。"岭"在古代藏族历史上是一个由小变大、由弱变强的部落名称。

岭尕尔又分上岭、中岭和下岭3个部落。在上岭住着色巴8部落，中岭有文布6部落，下岭则是穆姜4部落。

此外，还有噶沃部落、丹玛12万户、达绒18部落等。这些部落生活的地方平坦宽阔，风景优美，绿油油的草原，像宽阔无垠的大海，万花如秀，五彩斑斓，是一个辽阔广大、景色如画的好地方。

岭尕尔的东北面是汉人居住的地区，南面是姜人居住的地区，西北面是魔鬼居住的地方，东面是霍尔人居住的地方。

这个部族的首领是藏族四大种姓穆布冬族人曲拉潘，他有3个儿子，长子叫戎查叉根，次子叫晁同，幼子叫僧隆。从这兄弟三人的时代里，岭人驻牧在黄河上游。

幼子僧隆娶3个妻子，首先娶嘉萨拉嘎为妻，生子贾察霞尕儿。后来，在岭部落的不远处，有一个噶部落，这个部落的头人有一个貌似天仙的女儿，名叫噶萨拉姆，传说是龙王邹那仁庆爱女的化身。

噶萨拉姆生性贤惠，温柔善良。于是岭国派人去求婚，噶部落头人没答应，岭国便率兵向噶部落进攻，包围了噶部落国王的宫殿，国王这才答应把噶萨拉姆嫁给岭国。与僧隆结婚的噶萨拉姆，婚后一直没有怀孕。于是，僧隆又娶了第三个妻子那提闷，生子戎察玛尔勒。

在一天夜里，噶萨拉姆做了一个梦。她梦见一位身穿黄盔甲，容貌十分英俊的人。到黎明时，她感到从未有过的愉快和温暖，顿珠尕尔保便投胎于噶萨拉姆腹中。

噶萨拉姆怀孕的消息像一阵风一样，一下子传遍了整个岭国。僧隆的三妃那提闷，听到这个消息，妒意横生，她极力向国王进谗言，要害死噶萨拉姆腹中的婴儿。

他的伯父晁同更是怀恨在心，生怕这个孩子出生后对他的前途不利，在噶萨拉姆怀孕期间，百般刁难，造谣中伤，说噶萨拉姆腹中怀的是一个妖精。于是，他放咒、念咒、驱鬼，将噶萨拉姆从岭地驱逐出去，放逐到荒滩野岭的黄河边。

被放逐的噶萨拉姆，分到的财产只是一顶遮不住风雨的破帐篷、一匹老母骡、一头瞎眼的母犏牛、一只老山羊和一条瘸腿的母狗。从此，噶萨拉姆一个人在这个荒芜偏僻的地方，过着艰难的日子。

在过了无数个日日夜夜后，到了虎年的腊月十五，噶萨拉姆正在草场上挤奶，忽然天空大放光明，无数天神唱着悦耳动听的歌曲。她抬头望去，只见一位天神被仙女簇拥着款款而降。

噶萨拉姆出现了一种异乎寻常的感受，自觉身子轻若棉花，体内外一片光明。随着早晨太阳的升起，她的头顶涌现出月亮一般的白光。

此时天空中雷鸣闪电，众神们奏起了仙乐，撒下了缤纷花雨，搭起了彩虹帐幕，整个草原出现一派祥瑞的景象。

在噶萨拉姆的帐篷顶部，还接连着彩虹云头，更是奇特无比。在这些种种吉兆的伴随下，神子顿珠尕尔保便来到了人间。

与此同时，噶萨拉姆的4头牲畜，母牦牛、母绵羊、母犏牛和骡马，也都生犊产羔下了仔。

噶萨拉姆将顿珠尕尔保生下时，这个婴儿的食指向天上指着，站起身来，做出拉弓箭的样子，并且说道："我一定要做黑头人的君长，我要制服凶暴强梁的人们。"

因为他是天神之子，生来即具有非凡的本领和能力，他生下后便像个3岁的孩子，被取名觉如。

小觉如一出生，他的同父异母的哥哥贾察无比高兴，把种种祥瑞花雨缤纷、彩虹搭帐连接云头等自然现象，都视为吉祥的预兆。

他一见到襁褓中的小觉如，就亲昵地说："太好啦，我的心愿实现了。俗话说：'兄弟两人和睦相处，是打击敌人的锤子，骡马俩匹配是发家的种子。'今后我们兄弟俩无论做什么事，都没有任何顾虑了。"

可是，伯父晁同认为觉如是"半人半神的怪物"，他的降生对岭国极为不利，对自己日后篡夺王位将会造成严重的威胁，因此，他想"乘火苗弱小时扑灭"，妄图将觉如杀于襁褓之中。

为达到目的，晁同费尽心机，屡屡设计。可是，结果事与愿违，不但没将觉如置于死地，反倒使他的阴谋一一败露，使他丑态百出。

觉如在5岁那年，晁同虽知自己无能，但灭绝觉如的想法一直存在，他表面上装作没事，但心里窥测着时机。最后，以觉如猎取野生动物的"罪恶"为名，向总管王进谗言。

总管王认为，觉如的行为扰乱了岭国的内部事务，便将觉如母子再次驱逐出岭地，去往那妖魔逞凶、煞神横行的玛麦玉隆松多地方。

这个小小的觉如，便是后来的格萨尔。后文还描述了格萨尔13岁赛马称王，这即是松赞干布13岁登基的映照。

觉如母子被驱逐到了荒无人烟的地方后，只好靠挖蕨麻、捕地鼠、拾猎物来充饥维生，日子过得非常艰难。

觉如母子来到玛麦地方，这个地方出现了前所未有的鼠害现象，无尾地鼠占领着整个草场，山头的黑土被翻遍，山腰的茅草被咬断，大滩的草根被吃掉，草原荒芜，牧草枯萎，草场植被退化，牲畜大量死亡，渺无人烟，大片草场遭到了破坏。

这时，觉如以顽强的毅力，消灭了危害百姓、破坏草场的鼠王，艰苦奋斗去战胜各种困难，开拓了这块处女地，使荒芜的玛麦草原变成了水草肥美、牛羊肥壮的草原。

除此之外，他变化为许多化身，以神力降伏了大大小小的妖魔、煞神和所有的无形魔怪，使玛麦地方慢慢安静下来。在困境中长大的觉如，练就了一身与众不同的本领。

不知不觉，觉如长到了12岁，正值藏历铁猪年，岭国举行赛马盛会。在这次赛马中，得胜者将得到岭国的王位，以及巨富嘉洛的家产和他貌似天仙的女儿珠牡。

围绕赛马，岭国内部展开了一场争权夺利的斗争。而此时的觉如，在遥远的玛麦地方，被逼得背井离乡，现在一无所有，栖身洞穴，无法糊口，整天与狗争骨头、与鸟抢食，根本不知道岭国将要发生的一切。

一天黎明时分，觉如还在熟睡，天姑贡曼杰姆在众空行女的簇拥下，骑着白狮子降到觉如身边说道："天王的儿子，别贪睡，快起来，岭国即将举行赛马大会，晁同是你最大的敌手，快去捉漫游在北方荒野中的千里马，你大显神威的时候到了。"

说完天姑贡曼杰姆便消失得无影无踪了。觉如醒来，知道自己的使命后，便起身准备回故乡参加赛马大会。

总管王为了阻止晁同夺王位，为使岭国的百姓过上安乐的日子，深知这次赛马必须把觉如请来，而迎接觉如的使命只有珠牡才能完成。

于是，总管王对贾察和大臣丹玛说道："这次到玛麦迎接觉如回来的关键是珠牡，所以非她去不可，你们俩亲自到嘉洛家的牧场，告诉珠牡，让她一定把觉如迎回来！"

按照总管王的吩咐，贾察、丹玛两人来到了嘉洛家中，说明了他们的来意。珠牡听后二话没说，满口答应愿意去迎接觉如。

珠牡本是白度母仙女的化身，当时天灾人祸遍及藏区，天神将她派遣到人间，与觉如结为伉俪，辅佐觉如，共同为统一藏区做贡献。

现在她已投胎到人间，是岭国三大家族之一嘉洛仓的女儿，以才貌出众而闻名岭国乃至整个藏区，觉如称赞她"真是藏地少有世界无双"。

在广大藏族人民心目中，珠牡就是"绝代佳人"的代表。史诗中对她是这样描述的：

在那黄金松石的宝殿里，有一位艳丽的女子，用尽人间所有的赞辞，对她都显得苍白无力。眼睛灵活如蝶飞，双眸黑亮像泉水。眉儿弯弯似远山，牙齿晶莹如白玉。双唇好比玛瑙红，身似修竹面如月。头上青丝垂松石，漫步犹如仙女舞。深沉的西海是她的内涵，飘袅的云雾是她的风姿。冬天她比太阳暖，夏天她比柳荫凉。

珠牡的确很美，所以她赢得了所有岭国英雄的爱慕，比起财宝和王位来，人们更想得到的是美丽的珠牡。

为了得到王位和珠牡，晁同绞尽脑汁，百般费心，决心在这次赛马中一定要获胜。于是，他祈求神灵给予保佑，同时给土地神煨桑，向神坛上插旗幡，等待着赛马日期的到来。

再说珠牡接到贾察和丹玛的命令，骑着她的青灰马，不辞辛劳，跋山涉水，遭受种种磨难，来到了旷无人烟的玛麦地方，苦口婆心地奉劝觉如返回岭国。

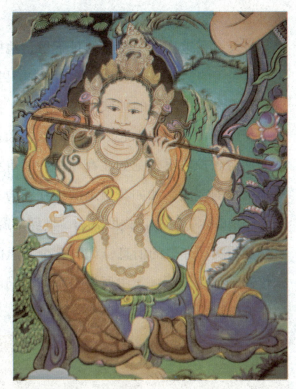

觉如答应返回岭地，可是他一生事业的战马，如今还混杂在一百匹野马群中，它既不是家马，也不是野驴，而是一匹千里马，懂人的语言，神通广大，变化无穷。若捉不到它，觉如赛马难以成功。这个任务还只有珠牡能完成。

珠牡知道自己身负重任，要想觉如赛马夺魁，让她干什么都毫无怨言。于是，她向觉如问清了这匹马的特征以后，去天界找千里马。

珠牡不负众望，将觉如从玛麦地方接回来，还将神通广大、变化无穷的千里马从天界擒来。

一切准备就绪，举世瞩目的岭国赛马大会，在一个吉日良辰拉开了帷幕。此日，天空湛蓝，阳光明媚，岭国各部落都出动了人马，大家身着盛装，满怀豪气，各个潇洒英姿，喜气洋洋，雄赳赳气昂昂地走进了赛场。

这里，最引人注目的是觉如，自从他从天界降生的那天起，犹如太阳躲藏在云层里，莲花塌陷在污泥里一样，自性经常隐蔽，从未显露过他的真实面貌。

今天，在这样一个特殊的日子里，他抛弃了丑陋的形象，显现出了奇异俊美的相貌，成为世间众生眼中美男子的典范。

就连大地也因他的神威而摇撼震动。在天空的彩虹中间，众多的天神与保护神也为他唱起了吉祥的歌，天花缤纷，瑞雪霭霭。在神龙念的加持和护佑下，觉如在赛马中冲破重重阻力，一举夺魁，登上了岭国王位的宝座，和如花似玉的珠牡结为夫妻，从此觉如统领岭国，称为"格萨尔"，并正式取名为"世界雄狮大王诺布占堆"。

觉如赛马夺魁的消息，如同夏季暴风雨中的雷声响彻云霄，一下子传遍了整个天际。文中所说格萨尔赛马前得到诸多人的帮助，也是象征着松赞干布在登基前得到的多方帮助。

拓展阅读

《格萨尔王传》中帮助格萨尔取得宝马的珠牡，也是史诗中塑造的一个非常重要的人物。

她美丽、坚贞、能干、智慧，虽然生在富有之家，但富有正义感，不肯嫁给大食财国的王子，宁肯爱恋备受迫害、穷苦潦倒的格萨尔，即使受到父母的斥骂，也毫不动摇，集中显示了藏族女性的美好心灵。

当格萨尔前往魔国征战、霍尔寻隙进犯的紧急时刻，珠牡能团结岭国英雄和人民奋起抵抗，在被围困的3年中，她巧施妙计，稳住敌人，等待格萨尔回师，在被俘之后，她忍辱负重，毫不丧失信心。

这一切，都较深刻地表现了藏族妇女的聪明勇敢和顽强坚贞的性格。

史诗中的藏族英雄故事

在《格萨尔王传》中，关于格萨尔对魔国、霍尔国、姜国、门国的征战，则是象征着松赞干布统一青藏高原的业绩。

据《格萨尔王传》记载，格萨尔称王登基后，为了成就猛力降魔的四种事业，他断绝内外一切来往，安下心来到东方宗喀查茂寺，闭关修行降魔大力法。

这时，不少敌国蠢蠢欲动，相继挑衅，进犯岭国，妄图消灭岭国，可以说群敌四起，硝烟滚滚，岭国面临危机。

可是，身负"抑强扶弱、为民除害"重任并为之而奋斗的格萨尔，绝不能容忍一个个侵略者来践踏自己的祖国、侵犯自己的家乡、危害自己的人民！也绝不允许青藏高原长期处在群雄割据、部落混战的分裂局面！

坚定的信念、神圣的使命感和强烈的事业心是格萨尔一生战天斗地、南征北战、顽强拼搏、艰苦创业的强大精神动力。他先后降伏魔国、霍尔国、姜国、门国，接着安定三界，实现了国家的和平统一，保卫了人民生活安居乐业。

格萨尔首先降伏了魔国。在岭国的北方有一个魔国，魔王名叫"鲁赞"，他生性残暴，以涂炭生灵为乐。他食人肉，饮人血，生性极端残忍凶恶。他居住的九尖魔鬼城，城堡是用人头垒成的，旗帜是用人尸做的。魔国四处，妖魔横行，煞神逞凶，一派恐怖气氛，众生苦不堪言。

有一天，格萨尔的次妃梅萨，在帐门前平坦的草地上织布时，突然间，从沟里刮来一阵红风，从沟口卷来一股黑风，狂风中间出现了一个面目狰狞的黑人，就像饿雕捉羊羔似的，把梅萨捉走了。

　　梅萨的使女急忙跑到查茂寺，格萨尔大王闭关修行的地方，把梅萨被捉的消息告诉给了格萨尔大王。格萨尔听后，顿时气得七窍生烟。为了消灭吃人的魔王，救回自己心爱的妃子，格萨尔骑上千里马，独自出征北方魔国。

　　格萨尔纵马前行，翻过一道道山岭，走过一条条河谷，来到一座像心脏一样的山峰，发现山岭顶上有一座四角城堡，四面树着人尸做成的胜幢。他心想这就是魔王鲁赞的城堡了。

　　由于魔国戒备森严，魔王魔法无边，格萨尔在魔国遇到了很多困难。最后，在魔王妹妹阿达拉姆的协助下，冲破各种阻力，终于进入魔宫，与梅萨见了面。

　　阿达拉姆不但告诉格萨尔怎样杀死鲁赞的办法，而且巧妙地将他藏于魔宫，使格萨尔能够直接捣毁魔王鲁赞的老巢。

　　格萨尔抓住一切有利时机射杀鲁赞，魔国宣告灭亡。格萨尔将魔王的妹妹阿达拉姆收为妃子,并委任阿达拉姆为北方魔国的头人。降服了魔国后,格萨尔想及时返回岭地,可是吃了梅萨投了迷魂药的酒,就忘记了身前身后的一切事情,浑浑噩噩,整天只知道吃喝享乐,在北方魔国一起度过了好几个年头。

在岭国的东方有个霍尔国,国大势强,经常侵犯别国,强迫其纳贡称臣。霍尔先王托托热庆在位时,岭国每年要向霍尔国交纳许多贡税。格萨尔称王后,将此完全废除。

因此,霍尔国对格萨尔最为嫉恨,时时企图恢复对岭国的专制。就在这时,霍尔国趁机偷袭了岭国。

霍尔国有3个一母所生的国王,他们均以自己帐篷的颜色命名,一个叫黄帐王,一个叫白帐王,另一个叫黑帐王。其中白帐王的势力最强,威震四方。

格萨尔北地降服魔国,格萨尔的伯父晁同一直垂涎岭国大王的宝座,此时,他听说霍尔国想进军岭国,妄图一举歼灭岭国。听到这个消息,认为自己等待已久的时机已到来。

因此,他想方设法串通霍尔人,及时传递岭国内部的消息,泄露岭国的机密。于是霍尔国派遣120万大军，向岭国发动了大规模的侵略战争。

在这次战争中，岭国众英雄和众百姓英勇抗击，结果，老英雄司盼惨遭暗算，为国捐躯。格萨尔同父异母的兄长贾察、弟弟戎查玛尔勒及昂琼等无数英雄都死于战场。

岭国的城堡也被捣毁，最后因寡不敌众，岭国沦陷，岭国的珠宝财富被一抢而空，美丽的珠牡和侍女被霍尔国掠走，岭国被搅成了一片血海，人民怨声载道，盼望格萨尔早日回来，为岭国报仇雪恨。

珠牡到了霍尔国，忧国忧民，茶饭不思，她多么盼望格萨尔早日回来，救她出魔窟，救岭国百姓。等啊盼啊，可是很久没有盼来格萨尔。

于是她派遣自己心爱神鸟仙鹤三兄弟，给远在魔国的格萨尔捎去了一封信，信中详细叙述了岭国遭劫、英雄遇难和她自己被掠的事。

三仙鹤经过数日的艰难飞行，飞到了北方魔国，将珠牡托付的信件交给了格萨尔。这时，格萨尔的神志才清醒了。

当他得知霍尔国对岭地发动了大规模的侵略战争，哥哥贾察在战场上阵亡，妻子珠牡被掠去，岭国人民处于水深火热之中时，心中非常悲痛。

他想，北方魔国已被收服，现在该轮到收服霍尔国的时候了，于是，他准备返回岭国。他骑着心爱的千里马，快马加鞭，来到了久别的故乡。

格萨尔首先处治了伯父晁同，然后变换法术，来到霍尔国，杀死白帐王，救回妻子珠牡，为岭国报了血仇。由于霍尔国的辛巴归顺岭国，因此，格萨尔将霍尔国的治理权力交给了辛巴。

在《格萨尔王传》中最著名的"霍岭大战"终于落下了帷幕。其战争规模之大，战争之残酷，比起《荷马史诗》中帕里斯拐走海伦的那场特洛伊战争，可以说是有过之而无不及。

格萨尔王继续他的使命，开始了降伏姜国的战斗。在岭国的西南边有一个姜国，幅员辽阔，有部落18万户。姜国的国王萨丹精通魔法妖术，且横行霸道，极其贪婪，经常仗恃自己兵多将勇，对内横征暴敛，使良民百姓苦不堪言；对外侵袭近邻，使四处邻邦鸡犬不宁。

岭国有一个地方叫阿隆巩珠盐海，方圆几十里大，它和姜国边界相接。害人成性的萨丹王，一天心血来潮，贪心发作，命令王子玉拉托琚率军侵袭岭国，并在国内强行征兵。

玉拉托琚对父王的所作所为大为不满，可是姜王并没有顾及王子的情绪，命令他率兵出征，夺取岭国的盐海。

母后白玛曲珍则认为玉拉尚年幼，不宜率兵打仗，所以极力劝阻玉拉不要出征打仗。玉拉进退维谷，最后，萨丹以处死母后来要挟王子出征，逼迫玉拉率兵进盐海。

格萨尔得知此事后，发出号召：

邻地兵马来犯边，寸土不让不投降，花岭大战姜国，为卫功利图自强，为护岭国救百姓，为保饭食与民享。

并派遣大臣索玛到霍尔国去，命令霍尔国国王辛巴带兵火速前来岭国救援。

大臣索玛接到圣旨后，夜以继日地来到了霍尔国，向辛巴传达了大王的意思。辛巴接到消息后，二话没说，立即准备所有武器，带领所有部队，骑上他那匹棕黄色骏马，直奔岭国而来。

以格萨尔王为首的岭国180万兵马，聚集在纳隆贡玛射箭场，夹道欢迎辛巴和索玛两人归来。格萨尔吩咐了辛巴降伏姜国的方法。辛巴领命后，随即雄赳赳、气昂昂地走了。

辛巴来到盐海边，与姜国王子玉拉托琚相遇。只见玉拉托琚一手按着刀鞘，一手倒提擢伏千雷快刀，傲慢地问道："来者何许人？快快报来姓名，否则就杀了你。"说完，向辛巴扑过去。

辛巴也立马按鞘，既傲慢又气愤地问道："你是姜国的什么人？速报姓名来！在我辛巴面前，只有乖乖待着才有安宁，要不然，我杀你用不了吹灰之力。如果你是个岭国人，不管怎么不动声色，我也要杀你；如果你是个黑姜人，霍尔人，或者黑魔人，那我们就是朋友，辛巴今日就不再与你相斗。"

玉拉托琚听后说道："啊！原来你就是霍尔国王辛巴，幸会幸会。我是姜王子玉拉托琚，你今天到底为何事而来，请直说。"

辛巴从口袋里取出早已准备好的一条哈达，双手捧起，说道："噢！原来你就是大名鼎鼎的玉拉托琚王子，姜萨丹王像擎天柱一样，而你和你的父亲毫无区别。"

说着，把哈达献给了王子。于是，两人就互相攀谈起来。他们一边攀谈一边喝酒，你一杯我一杯，你来我往，不知不觉，两个人喝得醉醺醺的。可怜的小王子就这样轻而易举地中了辛巴的计。

辛巴看见时机成熟，趁玉拉托琚不省人事时，用早已备好的黑皮绳把玉拉五花大绑起来，然后拖到马背上，带到了岭国。

玉拉托琚平时对父王萨丹暴虐百姓、残害百姓的行径非常不满，到了岭国后，在其母后白玛曲珍等人的善言劝说下，玉拉托琚投靠了格萨尔。

因玉拉托琚前世是天国的神子，虽然今生今世投生姜国，也是前生誓愿所致，为了让他匡扶善业，格萨尔把他列入岭国80大将之中。

活捉姜国王子之后，格萨尔率领千军万马，开拔到姜国。乘姜国丹王饮水之机，格萨尔变成一条金鱼钻入他腹中，又变成了一个千辐轮，在萨丹腹内不停地转动，搅得他心肺如烂粥，这样就降伏了姜国。格萨尔让玉拉托琚接任姜国的国王。

格萨尔王先后征服了魔国鲁赞王、霍尔国白帐王、姜国萨丹王等3个魔国，唯有门国还未被征服。于是，他就开始了降伏门国的斗争。

在岭国的南部有一个门国，国王名叫辛赤。在贾察尚未成年、格萨尔降世之前，当岭国还是个弱小部落时，辛赤王曾命令他的两个老臣，率兵15万，无端侵犯岭国。

摧毁18大部落，杀害百姓，掠夺财产，掳掠珍宝，烧杀抢掠无恶不作，使岭国惨遭蹂躏，受到灭顶之灾。从此，岭、门两国结下了不解之仇。

有一天，格萨尔正在森周达泽王宫闭关修行，天姑贡曼杰姆骑着白棕毛狮子降临。在五彩缤纷的彩虹帐中，四周环绕着洁白的云朵，下边漂浮着莲花形状的红云，有无数的仙女跟随在左右，芬芳香气弥漫着整个天际。

天姑贡曼杰姆向正在修行的格萨尔大王说道："天神派你到人间，是为了降伏人间一切镇压百姓的黑魔，现在，你已经降伏了三方妖魔，唯独南方门国还未制伏，快停止你的闭关修行，降伏门国的时机已成熟，如果延误时机，以后很难征服。再说门国的公主梅朵拉孜，有能劈青天的剑，摧毁大食国需要此人，请不要磨蹭快起程。"

说完之后，天姑贡曼杰姆像彩虹一样消失得无影无踪。接到天姑的圣旨，格萨尔觉得收服门国的时机的确已成熟。

于是，他通知岭国所有部落王臣，聚集在岭国的达塘查茂大会场，向大家发布了进军门国的号令。并委托天空的彩虹，给北方魔国的阿达拉姆送信，派遣岭国的两名使者，给霍尔国的辛巴送信，派遣神鸟仙鹤三兄弟，给姜国的玉拉托琚送信，让他们带领兵马前来，出征门国。

接到格萨尔大王出征门国的旨意，北方巾帼英雄阿达拉姆率领魔国兵马数10万人，霍尔国辛巴率领3万大军，姜国玉拉托琚率领数百名铁骑,浩浩荡荡地开拔到岭国。

3个属国的兵马一到,雄狮大王即刻发布出征的命令,岭国80部落的大军、骑兵、步兵以及属国的兵马,战旗猎猎,一齐出征门国。

岭军各部把门国的千山铁城,向铁环一样包围起来,把千山城的四面八方围得水泄不通。经过激烈的鏖战,格萨尔终于征服了门国。

至此,格萨尔消灭了四方妖魔,解救了众百姓,从此四方安定,广大的老百姓过上了幸福的生活。

当格萨尔打败了四大魔王后,格萨尔的伯父晁同因偷盗了大食国的几匹良马,引起了岭国与大食国之间的纠纷,当双方相持不下时,格萨尔率部出战,战胜了大食,并将大食财宝库中的珠宝分给了百姓。

后来,格萨尔又灭了卡切国,将宝库中的松尔石财宝分发给百姓后班师回国。此后,格萨尔或因岭国遭受侵略,为保卫家乡而反击;或因邻国遭使求援前去解救;或因贪婪的晁同挑起事端酿成战事;或因岭国出兵占领邻国等,在岭国和邻国之间又发生过多次战争。

这些大大小小的战争皆以岭国获胜而告终,格萨尔则从战败国取回岭国所需的各种财宝、武器、粮食、牛羊和金银财宝等,使岭国日趋富足强大。

《格萨尔王传》中这些战争的描述，都是吐蕃大臣钦陵兄弟俩扶助赞普王室开疆拓土的记录，是松赞干布之后的第三十七任吐蕃王赤松德赞扩边拓疆炫耀武功的功绩。

《格萨尔王传》史诗中，所反映的岭国与苏毗，与象雄，与门国，与吐谷浑，与大食克什米尔、突厥、党项、回鹘、南诏等国发生的战争，大多发生在赤松德赞执政以前，有些是发生在松赞干布时代，有些是芒松芒赞朝代的事。

拓展阅读

关于格萨尔王的原型，后来据历史学家分析有可能是吐蕃亚陇觉阿王系的后裔唃厮罗，而唃厮罗的妻子乔氏夫人可能是格萨尔王妃珠牡的原型。

在史诗《格萨尔王传》中，格萨尔王妃珠牡不但有着天仙般的美貌，而且还有勇有谋，胆识过人，甚至能亲自带兵上阵。那么，历史上真实的乔氏夫人又是如何的一个人呢？

从史书仅有的记载，可以对她有以下几点了解：一是她有姿色，甚得唃厮罗宠爱。二是她所部有六七万人的军马，不仅号令严明，而且还令诸部族莫不畏服。

从史书中关于唃厮罗的乔氏夫人的记载可以知道，她应该是一个有美貌身材、有兵马部众、有胆略见识的巾帼英雄，可以说几乎与传说中的珠牡王妃相差无几。

体现真善美的人文追求

《格萨尔王传》在表现对真、善、美执著追求的同时，根据藏族人民的普遍愿望和要求，还把格萨尔着意塑造为一个藏族人民心目中理想人格的光辉典范。

在《格萨尔王传》描写战争的部分，也突出体现出藏族是一个富有道德感和道德传统的民族，他们在长期的生产实践和社会活动中，形成并发展了具有本民族特点的道德伦理思想。

在《格萨尔王传》中，

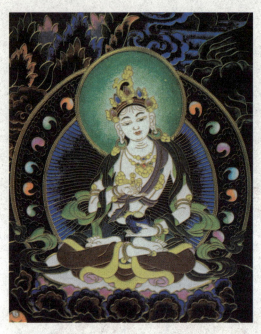

道德评价的基本尺度是"曲"与"兑"，按汉语理解就是善道与魔道。

"曲"，在藏语里代表一切善良、正义、公平、合理、美好、光明的事物和行为。甚至格萨尔本人在史诗中也被称为"曲杰"，译成汉语就是施行善道的国王。岭国也被称为"曲德"，译成汉语就是善道昌盛的地方。

"兑"在藏语里则指一切邪恶、伪善、奸诈、残暴、丑恶、黑暗的事物和行为。凡是那些生性邪恶、施行暴政、残害人民的君主，都被称作"兑杰"，按汉语之意就是魔王。

在史诗中，以格萨尔和岭国为一方，代表善道，以魔王为另一方，则代表魔道。综观史诗中的全部矛盾和斗争，基本上都是围绕善道与魔道来展开的。

《格萨尔王传》一书，还分别对黑、白两种颜色赋予了伦理道德的意义。白色代表善业和正义，黑色则代表一切妖魔和邪恶。

所以，在史诗中多次强调了格萨尔立志要降服一切黑色妖魔并力图弘扬白色善业的决心。代表善道的格萨尔及其岭国英雄们，他们的一切所作所为在史诗中都获得了肯定性道德评价。

史诗在尽情讴歌倡行善业的人们并对道德舆论上给予充分的肯定性评价的同时，也对一个个魔王，即暴君在人世间所犯下的滔滔罪行，给予了深刻的揭露和谴责。

例如，史诗中把格萨尔所征服的第一个北方魔王鲁赞，描写成一个以100个大人作早点，100个男孩作午餐，100个少女作晚餐的极端残忍、暴戾的恶魔。

像这样的恶魔，一天竟要用300人的血肉之躯来作为他的膳食，长此下去，人类岂不被他吃光了么！面对这样的恶魔，人们怎能不从道德情感上对他产生憎恶和仇恨呢？

格萨尔代表正义和善业，为了造福百姓，理所当然要铲除这样的妖魔了。史诗中的魔王并非一个，但他们的罪恶行径却如出一辙。

如姜国的国王萨丹是喝人血、吃人肉的魔鬼。其他如霍尔的白帐王、门国的辛赤王等，都是凶恶残暴、嗜血成性、贪得无厌、不顾百姓死活的暴君。

对于这些暴君的恶行，史诗通过生动地描绘和揭露，无疑会激起藏区善良人们的极端仇视和痛恨，必然要从社会舆论上给予谴责、批判和否定。

在人类道德史上，善与恶从来就是相伴相随的。任何一个民族的思想观念中，都有善与恶的概念。任何一个民族的行为和实践中，都有善和恶的现象存在。无善则无恶，无恶则无善，二者相辅相成，互相对照，互相映衬，在对立统一的矛盾斗争中运动和发展。

从任何一种矛盾斗争的总趋势来看，善总是要战胜恶，恶总是要被善所取代，就如同正义总是要战胜邪恶，光明总是要战胜黑暗一样，这是人类社会及其思想观念发展的不可逆转的趋势。

综观世界上各民族的神话、传说、史诗，以及其他形式的文化艺术作品，所反映出来的善与恶的斗争结果莫不如此。

藏族英雄史诗《格萨尔王传》所反映的善与恶的斗争结局，也是善业战胜了恶业，善道取代了魔道。因此，《格萨尔王传》史诗中的道德思想具有这样两个特点：

一是善与恶是衡量辨别一切事物真伪的标准。凡是正义的、合乎道义的、具有人性的行为和事物，就被看成是善的而予以褒奖；凡是非正义的、不讲道义的、践踏甚至摧残人性的行为和事物，就被看成是恶的而加以否定。

二是在价值取向标准上，史诗中宣扬了善恶自有报应的思想，进而引导人们应该扬善抑恶，向善去恶，择善弃恶，希望人们应该做到从善如流、嫉恶如仇，择善而从之，遇恶则弃之。

应该说，史诗中对这种善恶标准的态度和对善恶价值取向的选择，无疑都是正确的，也是非常具有积极的意义的。

并且在《格萨尔王传》的

最后，描写了格萨尔"地狱救妻"的故事，也是显出了藏族人们，渴望被这样具有善良本质的人治理的愿望，还有藏族对于勇于改过自新的人们宽恕的胸怀。

在故事的最后格萨尔赴汉地弘扬佛法去了，他走后不久，他的妃子阿达拉姆身患重病，她发烧如火焚，四肢发冷如寒冰，肺内风痰似骨梗，心烦意乱，昼夜不安。

医生和卦师都束手无策，念经祈祷禳解亦毫无效果。最后，她将手下的大臣们召到榻前，嘱咐后事完毕后就离开了人世。

阿达拉姆生前是北地魔王鲁赞的妹妹，曾任9000雄兵首领，一生东征西讨不断杀伐，罪恶沉重。因此阎罗王把她打入了十八层地狱。

格萨尔从汉地回来后，得知阿达拉姆已在十八层地狱里，被折磨得皮开肉绽，承受着无数难以忍受的痛苦。

格萨尔为此事震怒，他迅速来到地狱门口，大吼三声，震得油锅翻倒，刀山崩裂，众鬼卒吓得四处奔逃，十八层地狱被震得像那轮盘转了18转。

接着，格萨尔射出了4支无量神箭，彻底摧毁了一向被人们视为不可触犯的、阴森可怕的十八层地狱，释放了许多无辜受罪的亡魂，同时也拯救了其爱妃阿达拉姆。

此时，格萨尔完成了在人间降伏妖魔、扶助弱小、惩治强暴的使命，天下太平，岭国百姓丰衣足食，格萨尔可以说是功德圆满了。

按照天神的旨意，格萨尔将国事托付给侄子扎拉泽杰，即贾察之子，剩下的事情具体由扎拉泽杰来办理，自己与母亲噶萨、王妃珠牡等一起重新返回到了天界，规模宏伟的史诗《格萨尔王传》到此结束。

另外，史诗中在塑造格萨尔这个人物时，着重表现了他所肩负的使命，通过对格萨尔完成自己使命的全过程的描述，展现了广阔的社会生活画面，体现了生活在青藏高原的藏民族的心理素质和民族精神，表达了古代藏族人民的理想和愿望。

史诗的一开始，就描写了古时候藏族人民生活在一个十分美丽的地方，人们安居乐业，和睦相处，过着幸福美满的生活。

但是好景不长，突然有一天，不知从什么地方刮起一股邪风，这股风带着罪恶，带着魔怪刮到了藏区这个和平、安定的地方。

晴朗的天空变得阴暗，嫩绿的草原变得枯黄，善良的人们变得邪恶，他们不再和睦相处，也不再相亲相爱。刹那间，刀兵四起，狼烟四起。

为了拯救藏族众生的痛苦和不幸，为了弘扬人间善业，格萨尔受天神驱遣，降到人间，肩负的道德使命就是教化民众，使藏区脱离恶道，众生享受太平安乐的生活。

史诗把他描绘为一位大智大勇的英雄，并且记载着格萨尔一直铭记着自己的使命，无论是在年幼的时候还是长大成人，都时时刻刻想着造福百姓。

例如，在格萨尔未满5岁前，他就对杂曲河和金沙江一带的无形体的鬼神做了许多降伏、规劝、收管等数不胜数的好事，让百姓安居乐业，过上幸福安宁的生活。

后来即使阴险毒辣的伯父晁同通过对他和他的母亲进行迫害，父亲和岭国百姓也对他产生误解，最后被驱逐到最边远、最贫穷的玛麦地方，生活贫困，处境艰险。他仍不气馁，始终牢记自己所肩负的道德使命，总是千方百计地为故乡人民谋利益。

后来，他返回岭国参加赛马大会，他未来的岳父代表岭国百姓向他致祝辞，希望他成为一个专门镇压邪鬼恶魔的人，希望他做一个扬弃不善的国王。

格萨尔也不负众望，当他赛马成功、登上岭国国王宝座后，立即向岭国百姓庄严宣称：

> 我是雄狮大王格萨尔，我要抑暴扶弱除民苦。我是黑色恶魔的死对头，我是黄色霍尔的制服者。我要革除不善之国王，我要镇压残暴和强梁。

他懂得光有决心不用武力是解决不了问题的。因此他强调：

> 那危害百姓的黑色妖魔，若不用武力去讨伐，则无幸福与和平；为了把黑魔彻底来降伏，我又是武力征服的大将领。

格萨尔也是就像他所说的誓言一样，一生先后用武力降服了数不胜数的妖魔鬼怪，忠实地实践了他曾经立下的道德誓言：

> 降伏妖魔，造福百姓；
> 抑强扶弱，除暴安良。

当功成名就，一切都如愿以偿时，他就辞别人间，返归天界。

格萨尔就是这样，用他坚定的道德信念和切实的道德实践，保卫了岭国的国土，给岭国人民带来了幸福和安宁的生活。

因此他理所当然地受到了"雪域之邦"的"黑发藏民"们的爱戴

和热烈拥护，成为藏区人民心目中光辉夺目、光彩照人的理想人格典范，被人们敬称为：

制服强暴者的铁锤，拯救弱小者的父母。

甚至连魔国的百姓也因格萨尔替他们消灭了妖魔、除却了苦难而对他感恩戴德。

全文关于格萨尔锄强扶弱的坚强意志做了多次重点描写，这也是显示出藏族人民对和平、安定的强烈愿望，还有对追求幸福生活的强烈意志。

关于格萨尔这一理想人格问题，史诗虽然一再宣称格萨尔是天神之子，但在具体的描写中，并没有把他塑造成头罩光环的可望而不可即、可敬而不可亲的神秘人物，而是更多地给予格萨尔人的天赋和人的气质，使人们感到真实可信，可亲可敬。

史诗既描绘出他为了人民的幸福与安宁，具有战胜一切妖魔鬼怪和艰难险阻的理想人格的同时，又刻画出他有时也会失算、办糊涂事、打败仗、陷入困境，具有七情六欲、喜怒哀乐的普通人的人格特点。

然而，这并不妨碍或损伤格萨尔这一理想人格的理想性和完美性，相反，使他更显得有血有肉，映衬出他人格形象的伟大和光辉。

格萨尔这个"降伏妖魔，造福百姓，抑强扶弱，除暴安良"的道德楷模,不仅是藏族人民在特定历史条件下的理想人格典范,就他的思想和行为而言,也堪称是世界各族人民在相同历史阶段的共同的理想人格典范。

总之,格萨尔史诗深刻地体现了生活在世界屋脊上的藏族人民,勤劳、智慧、骁勇、自强不息、敢于创造的民族精神,表达藏族人民希望消除战争、人民安定团结、生活富裕美满、佛法兴盛的愿望和崇高理想。

热情歌颂了光明、正义和一切真、善、美事物,有力鞭挞了一切假、恶、丑黑暗和腐朽的现象,扬善弃恶、抑霸护弱、造福百姓。这种强烈的民族精神就是格萨尔史诗的灵魂。

拓展阅读

《格萨尔王传》中将岭国描述成了一个社会制度和人伦关系几乎达到尽善尽美的境界的国家。

从自然方面看,它是一个异常美丽的地方。从社会方面看,人人可以参与国政,享受平等的权利,没有法律,没有监狱,不必担心遭受苛政酷刑之苦。

在如此理想和美妙的优越环境及其社会制度下,人民过着和平安宁的日子,特别是有了格萨尔这样一位英明贤达的君主,人民便不断获得丰富的宝藏,过着更加富裕幸福的生活。

对岭国这样一个社会理想范型的描写,就是藏族人民怀着童稚之情,对自己远古社会,亦即对童年时代充满了神话般的遐想。

藏族古代文明的百科全书

到了11世纪前后，随着佛教在藏族地区的复兴，藏族僧侣开始参与《格萨尔王传》的编纂、收藏和传播。使这本史诗被成型地收集整理了起来，并出现了最早的手抄本。手抄本的编纂者、收藏者和传播者，主要是宁玛派的僧侣。

但是在手抄本出现之前，《格萨尔王传》都是通过口耳相传的模式流传下来的，早在《格萨尔王传》史诗在产生之前，在藏族民间，就已经流传着格萨尔或类似格萨尔的英雄故事和歌谣。在漫长时期内，藏族民间艺人口耳相传，不断丰富史诗的情节和语言。

并且，《格萨尔王传》的主要流传方式也是靠民间艺人们到处吟诵，世代口耳相传。许许多多名不见经传，处在社会最底层的说唱艺人，对史诗的传播、保存和发展，做出了不可磨灭的贡献。

说唱艺人走遍雪山草地，或到高僧的法会场，或到牧民的帐篷边，或到农户的木门前，或到节日的欢聚处，向群众说唱《格萨尔王传》，为广大听众带去美的享受。

《格萨尔王传》从文体、形式和内容等方面区分，《格萨尔王传》可以分为3类：一是卡仲。"卡"是藏语"嘴"的意思，"仲"指《格萨尔王传》故事，"卡仲"就是"从嘴里讲出来的《格萨尔王传》故事"。这是《格萨尔王传》故事最主要的流传形式。

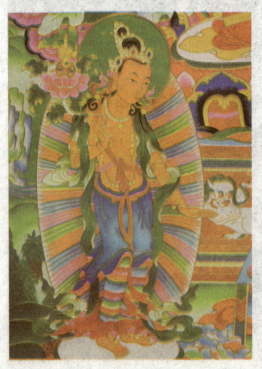

二是杰仲，是指经过文人加工整理过的格萨尔故事，即手抄本和木刻本。

三是曲仲，是指有佛法内容的《格萨尔王传》故事。

这三种传承形式互相影响，互相引收。到12世纪初叶，《格萨尔王传》日臻成熟和完善。

《格萨尔王传》不是一篇平静而循序地记述事件进程的故事，却是一首充满着感情的富有诗意的抒情兼叙事的史诗。

诗篇用各种手法进行描写，有惊心动魄的战争场景，也有缠绵悱恻的爱情插曲；有为国捐躯的壮烈情怀，也有失去亲人的悲痛哀泣；有奇异优美的神话，也有妙趣横生的故事，可以说是文学创作的集大成者。

《格萨尔王传》诗中常用非常丰富的比喻手法和生动的形象思维，以物状人，形象鲜明，活泼多姿；以物喻理、深入浅出、通俗易懂。比如，高如山，绿如海。雪山之狮，林中之虎，美如森林，快如骏马等例子，形象而深刻的比喻来表达其内涵。

在"霍岭大战"中有"面如十五的月亮，眼如满天的星星，权如辽阔的天空，身如巍峨的高山"等例子。如格萨尔王夸赞珠牡的一段歌词：

珠牡妃子听我说，百个里挑不出你这个好姑娘。你绯红双颊比彩虹艳，口中出气赛过百花香。

你右发往右梳，好像白胸鹰展翅膀，你左发向左梳，好像紫雌鸟在翱翔。你前发向前梳，好像金翎孔雀把头点。你后发向后梳，好像白梵天神在宝殿上。

你站起来像一棵小松树，你坐下好像白帐篷。你的美丽
啊，真是藏地少有世界也无双。

这段歌词，把珠牡从头到脚，从不同的角度，用不同的比喻进行
描述，使珠牡美的形象更加突出完美。

《格萨尔王传》语言具有绘画美。作者善于运用富有色彩的语
言，将故事情节人物关系形象生动地描绘出来。如在"霍岭大战"中：

龙飞凤舞的宝地，传来悠扬鸟叫声，
天然建宫的处所，白灵欢歌的地方。

从上面几句很普通的环境描写中，可以给人们的眼前展现出一幅
鸟语花香，山川秀丽的天然美景。

另外，运用语言音韵的结合变化和诗文的不同形式结构等手法，
以使诗文优美动听。如运用叠字、叠词、叠句的格式，紧紧与回环反

复的多段体诗歌相配合，使诗歌的音
调韵律错落起伏，相互回环，和谐多
变，铿锵有力，平添无限音乐美感。

《格萨尔王传》的情节丰富多
彩，曲折复杂，如在"赛马"中心事
件，插入了许多情景，犹如一棵繁
茂的大树，有主干，有枝叶；在"降
魔"中以格萨尔同魔王鲁赞的矛盾冲
突贯通情节的始终，好像一条几经曲

折的江河；在"地狱救妻"中以格萨尔地狱救妻为主要线索，着重表现十八层地狱的惨状等。

总体而言，这部史诗在情节艺术上做到了统一而丰富，粗犷与细致并存，神奇与平淡相结合，使我们体会到全书情节产生的整体美，流动美，节奏美。

史诗整体结构比较明显，由格萨尔下凡、投胎人间作为开篇，以他完成下凡

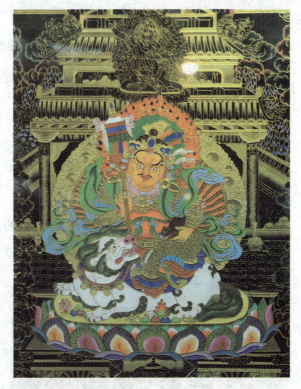

使命、到地狱救出母亲和妻子及众生后返回天界为结局。

中间的征战部分占"史诗的绝大部分，几乎每一部即是一场战争"。开篇、结尾两部分是有关史诗主角的来龙去脉。

在史诗里，各独立章节的结构类似，故事线索的展开过程也是大同小异。几乎每一部即是一场战争。这些战争也无例外地遵循主线展开，消灭妖魔、铲除邪恶之后，立贤明君主治国并从属于岭国，取战败国财宝或分于百姓、或运回国。经过无数次战争，取得天下太平。

作为史诗，《格萨尔王传》表现手法起伏曲折，跌宕有致，以其雄浑磅礴的气势，通过对几十个邦国部落之间战争的有声有色的叙述，反映了6世纪至9世纪以及11世纪前后，藏族地区的一些重大历史事件，表达了藏族人民厌恶分裂动荡、渴望和平统一的美好理想，这

是史诗现实性的积极方面。

另外，《格萨尔王传》对人物的塑造也是极为成功的，其中塑造了数以百计的人物形象。其中无论是正面的英雄，还是反面的暴君，无论是男子还是妇女，无论是老人，还是青年，都刻画得个性鲜明，形象突出，给人留下了不可磨灭的印象。

尤其是对以格萨尔为首的众英雄形象描写得最为出色，从而成为藏族文学史上不朽的典型。

格萨尔这个典型人物的塑造是成功的。史诗通过对格萨尔及其他英雄人物的歌颂，反映了广大藏族人民反对分裂，反对部落之间的混战，渴望有一位贤明的君王来治理国家，建立一个理想的统一的王国的愿望。

《格萨尔王传》除了把格萨尔塑造得英武神奇、天下无双之外，还塑造了一个美丽、坚贞、能干、智慧的藏族妇女形象珠牡。

《格萨尔王传》对总管王叉根老英雄的描绘，也十分感人。他深谋远虑、洞察真伪、胸怀广阔、顾全大局、忠心为国的崇高形象，通过一件一件的具体情节，令读者由衷敬佩。

其他英雄还有冲锋陷

阵、所向披靡、赤胆忠心、公正无私的贾察；智勇双全、百战百胜、使敌人闻风丧胆的丹玛；敢于冲杀、视死如归的昂琼等，在史诗中都描绘得栩栩如生，给读者留下了难忘的印象。

《格萨尔王传》对反面人物，也刻画得入木三分，使其凶相毕露，令人觉得可恨可恶。如晁同对内傲慢狂妄、对敌卑躬屈膝的叛徒嘴脸；霍尔黄帐王的贪婪、残暴、愚蠢、胆怯的丑恶本性，都写得淋漓尽致，鞭挞了他们肮脏的灵魂。

《格萨尔王传》这本著作，作为一部描写古代战争的民间文学，对英雄人物、战争器具等极尽渲染，着力描写，淋漓酣畅，摄人心魄。下面是描写格萨尔凛然风度的一段文字：

> 权威显赫格萨尔，胜域至尊如意宝，
> 眉挂松石泛清辉，目点珊瑚闪珠光，
> 一口洁齿罗玉贝，颈肌叠层显神力，
> 舌镌阿字结吉祥，慧音浑钟如诵经，
> 丝丝乌发亮闪闪，战神好似火焰腾，
> 战袍迎风猎猎展，铠甲泛银着雪霜，
> 盔插胜幢指云霄，缨丝缕缕耀金光，
> 复插战神生命结，炯炯目光逼三界，
> 羊角弯弓身上挎，魂灵之箭插成扇，

上等箭有九十支，　勾魂摄魄箭九支，
神灵差遣箭九支，　一把宝剑世无双，
鳌鱼对眼嬉剑鞘，　五种宝石巧装饰，
六褶白藤作盾牌，　更有一把开山斧，
劈山开道若等闲，　黄金镶边护心镜，
带扣一勒穿金刚，　脚蹬一双长腰靴，
九层堆华堪锦绣。

　　格萨尔的这番装束，他的凌然之气，令人望而却步，让敌失魂落魄，也让读者领略到格萨尔力拔山、气盖世的英雄气概。

　　《格萨尔王传》源于社会生活，又有着极为丰厚的藏族古代文学、特别是古代民间文学的坚实基础，在史诗《格萨尔王传》产生之前，藏族的文学品类，特别是民间文学品类，诸如神话、传说、故

事、诗歌等已经齐全，且内容丰富，数量繁多。

　　因此，《格萨尔王传》无论是在作品主体、创作方面，作品素材，表现手法等方面，还是在思想内容、意识形态、宗教信仰、风俗习惯等方面，都从以前的民间文学作品中汲取了充分的营养，继承了优秀的传统，这种特

色的文化形态决定了它的文学特点，使它具有独特的风采，表现出神奇瑰丽之美。

到了13世纪后，随着佛教传入蒙古族地区，大量藏文经典和文学作品被翻译成蒙古文，《格萨尔王传》也逐渐流传到蒙古族各个地区，成为自成体系的蒙古《格萨尔王传》，或称《格斯尔王传》。

在14世纪后期，即元末明初，《格萨尔王传》在更大范围内得到传播，流传在我国更广泛地区。

此外，这部史诗还流传到国外。其中的个别章节被译成英、德、法、俄等多种文字在世界各地流传。

这种跨文化传播的影响力是异常罕见的。由此可见《格萨尔王传》在民间文化中独占鳌头，在广大人民中有很深的影响。

世界上众多民族都有史诗，随着时间的推移，大多数史诗都自生自灭了，仅有少数史诗以文字形式记录下来，并成为人类共同的瑰宝。

与世界上一些著名的史诗，如古希腊的《荷马史诗》、印度的《罗摩衍那》和《摩诃婆罗多》相比，《格萨尔王传》是一部活形态的史诗。

史诗一直活在人民群众之中，在青藏高原广泛流传。被称之为奇人的优秀民间说唱艺人，以不同的风格从遥远的古代吟唱至后世万代。

在长期的传承过程中，经过广大民众，尤其是才华出众的民间说唱艺人的再创造，《格萨尔王传》故事发生了很大的演进，史诗的内涵和外延不断扩展，故事情节和人物性格不断丰富和生动，出现了很多异文本。

各个民间艺人说唱的《格萨尔王传》，主要内容和基本情节虽然

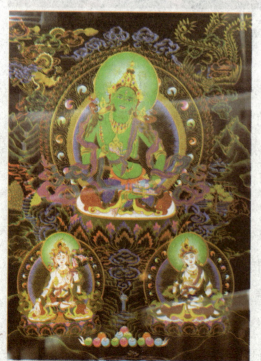

大体相同，但在具体内容、具体情节和细节上又各有特点，自成体系。

《格萨尔王传》是世界上最长的一部史诗，仅从字数来看，远远超过了世界几大著名史诗的总和。

《格萨尔王传》是古代文明的一部大百科全书。它产生于长江黄河源头，这里是东亚、中亚、南亚文明的结合点，是各种文明交汇之地。

因此它既保持了高山文明的原始性特征，又渗透着中原文明、西域文明、蒙藏文明、印度文明的多重因素。它丰富多彩的内容，不仅是唐卡、藏戏、弹唱等传统民间艺术创作的灵感源泉，同时也是现代艺术形式的源头活水。

《格萨尔王传》史诗演唱具有表达民族情感、促进社会互动、秉持传统信仰的作用，也具有强化民族认

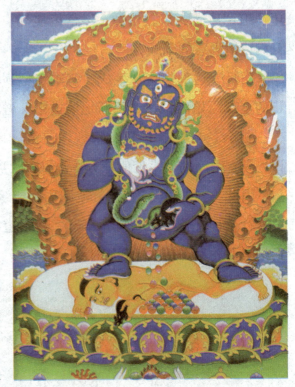

同、价值观念和影响民间审美取向的功能。

多少年来，《格萨尔王传》史诗艺人一直担任着讲述历史、传达知识、规范行为、维护社区、调节生活的角色，以史诗对民族成员进行温和教育。

《格萨尔王传》既是族群文化多样性的熔炉，又是多民族民间文化可持续发展的见证。

《格萨尔王传》不但是一部名闻世界的伟大文学巨著，而且也是研究藏族社会历史、宗教信仰、风俗习惯以及语言等各方面的宝贵文献。

《格萨尔王传》是在藏族古代神话、传说、诗歌、谚语等民间文学的丰厚基础上产生和发展起来的。它对于古代藏族部落联盟社会生活的各个方面，如人民的经济生活、生产劳动、意识形态、理想愿

望、道德风尚、宗教信仰、风俗习惯等，都作了生动而真实的描写和充满诗情画意的刻画。

而且，这部史诗从生成、基本定型到不断演进，包含了藏民族文化的全部原始内核，在不断地演进中又融汇了不同时代藏民族关于历史、社会、自然、科学、宗教、道德、风俗、文化、艺术的全部知识，具有很高的学术价值、美学价值和欣赏价值。

因此，《格萨尔王传》被国内外专家学者公认为是反映藏族历史、社会、文化、民俗、军事、宗教、道德伦理、价值观念等方面的百科全书。为研究古代藏族社会、文化等，提供了丰富的资料。

拓展阅读

说唱《格萨尔王传》的行吟艺人在当地被称为"仲肯"，以出没在藏北及藏东地区最多。他们仅仅以说唱《格萨尔王传》为生，每逢传统节日、体育赛事、牧场闲暇及婚丧嫁娶等重大日子里，便走乡串户为牧民们说唱《格萨尔王传》。

所以格萨尔王对藏民族，特别是牧区的老百姓内在精神气质的影响十分深刻。尤其反映在藏族人尚武重诺的英雄主义气质。特别是在藏北牧区如安多，康区一带，好骑射游猎、竞技角斗、佩刀、缠英雄结等民风，无不是受格萨尔王强悍遗风的影响。

江格尔

　　《江格尔》是明代的蒙古族卫拉特部英雄史诗，被誉为我国少数民族三大史诗之一。这部史诗是以英雄江格尔命名的。《江格尔》长期在民间口头流传，经过历代人民群众，尤其是演唱《江格尔》的民间艺人对《江格尔》的不断加工、丰富，到15世纪才逐渐完善定型。

　　《江格尔》以其丰富的社会、历史、文化内容，艺术上所达到的高度成就，在蒙古族文学史、社会发展史、思想史、文化史上都占有重要地位。《江格尔》是蒙古民族文化的瑰宝。

为理想天堂宝木巴而战斗

在我国蒙古地区还不发达的氏族社会末期，因为受自然界的制约，蒙古游牧民族的经济结构比较简单，动态性很强，往往不能满足人们生存的需要。社会经济不发达，文明程度当然也不高。

他们面对严酷无情的社会和自然环境，深深懂得了适者生存的自然法则。一个氏族或部落要生存发展壮大，就要在生存竞争中不断地迎接强大对手的挑战，努力制服、战胜对手。

他们在军事上的卓越能力和组织，又往往会给他们以最后的胜利。因此，游牧民族形成了英勇尚武的性格，这是由他们生存的社会条件决定的。

游牧文化的这种善于拼搏、志在必胜的精神培育了蒙古人强悍、勇敢的民族性格。而这种民族性格不仅对蒙古族的历史发展起到了决定性的作用,对文学体裁和文学思想的形成和发展同样起到制约作用。

由于蒙古族长期以来的游牧生活,自然灾害和异族的压迫,常使他们的生命财产得不到可靠的保障,社会局面动荡不安,牲畜日益减少,广大人民迫切盼望和平与安定。

因此,人们想象了一个梦想中的天堂宝木巴国,并想象出了一位英明的统治自己的人,这个人便是江格尔。

在人们的想象中,宝木巴国四季如春,百花烂漫,牛羊遍山。这里没有邪恶,没有战争,没有疾病,没有饥饿。这里的人们青春永驻,过着丰衣足食,相亲相爱的和平生活。

在蒙古语中,"宝木巴"有圣地、仙境、福地的意思。人们怀着无比热爱和骄傲的心情,对宝木巴反复咏唱赞美:

宝木巴的人民青春常在，

没有衰老，没有死亡，

像二十五岁的青年那样，

生龙活虎，永远健壮。

这里没有鳏寡孤独，人丁兴旺；

这里没有严寒酷暑，四季如春，

百花烂漫，百草芬芳。

孤独的人到了那里，人丁兴旺；

贫穷的人到了那里，富庶隆昌。

那里没有骚乱，永远安宁，

有永恒的幸福，有不尽的生命。

　　这里不仅是个富庶的安宁的邦国，而且也是一个明媚的、美丽的、欢乐的世界。人们还这样描述道：

> 早晨，从东方升起红艳艳的太阳，
> 翡翠般的嫩草上露珠晶莹，
> 草原像波光闪闪的绿色海洋。
> 中午，金色的太阳光辉灿烂，
> 禾苗肥美，苗壮成长。
> 宝雨刷刷下降，
> 雨后太阳又露出笑脸，清风吹荡。
> 这里居住着五百万人民，
> 人们相亲相爱，彼此不分。
> 在主人的洪福照耀下，
> 吉祥如意，欣欣向荣。

这幅世外桃源，便是长期以来牧民们所向往的理想社会，他们盼望有一天能过上安居乐业的生活。在人们的想象中，江格尔是宝木巴的贤明的统治者，他以自己宽大的翅膀庇护着他的子民，他是草原上的雄鹰和理想的国君。人们这样描写他：

> 在东方的七个国家，
> 江格尔是人民的梦想；
> 在西方的十二个国家，
> 江格尔是人民的希望。

江格尔的名字，在蒙古语中，有"主人"或者"强者"的意思。江格尔是塔海兆拉可汗的后裔，唐苏克·宝木巴可汗的孙儿，也是乌琼·阿拉达尔可汗的独生子。

江格尔手下有6000多名勇士，12员大将，像群星拱月一样，围绕在他的周围，他捍卫宝木巴这块乐土，不让敌人侵犯。

同时，江格尔以攻为守，派萨纳拉远征胡德里·扎嘎尔国，派萨布尔降服了暴君赫拉干，派洪古尔追捕窃马强盗阿里亚·芒古里，派美男子明彦偷袭托尔浒国，活捉暴君昆莫。

江格尔自己在战斗中英勇无畏，降服了千里眼阿拉谭策吉和勇猛的萨纳拉，使他们成为自己得力的助手。在与魔王芒乃的战斗中，他的部将都败下阵来。他高呼宝木巴战斗的口号，挺枪跃马冲上前去，一枪刺中芒乃，把他挑在枪尖上，高高地举在空中。

江格尔还击溃了暴君西拉·胡鲁库，并使魔王黑那斯全军覆没。在草原上，江格尔成为了一个无坚不摧的英雄。

其次，江格尔热爱自己的部下，和他们建立了亲密的友谊。他把洪古尔当做自己的亲兄弟，不顾个人的安危到地狱去救他，江格尔心目中只有一个信念：

> 洪古尔是我最亲密的弟兄，比结发妻子还要亲近，比我的独生子更为宝贵，他的生命就是我的生命。

江格尔为救难友洪古尔，他走进地洞，通过一条狭窄的地道，来到第七层地狱。他在这里看到两座高山，一个儿童腋下夹着两座山，正在玩耍。

江格尔心想地下世界，竟有这般大力的儿童。江格尔向他询问洪古尔的下落。

小孩说洪古尔正在受苦，他每天都要遭受魔鬼鞭打 8000 下皮鞭。由小孩带路，他们走进了一个洁白大毡房，江格尔杀死了一个女魔和她的8个秃头儿。

经过一座红大门，便来到波涛汹涌的红海滨。有 8000 个恶魔在这里看守洪古尔，江格尔和恶魔酣战了6天，杀得妖精只剩下400个。

江格尔在去地狱救洪古尔的时候，还碰到了一个可怕的女妖。这女妖长得又细又瘦，专门吃煮肉，被江格尔的阴阳宝剑劈为两股，上身腾空不见，下身钻进地底，仍可复原。

江格尔追到了地底，发现女妖正对7个秃儿说："地上宝木巴的希望江格尔来了！他是来寻找洪古尔的。江格尔来到时，趁着洪古尔还在海底，你们打碎他的牙齿，拔掉他的舌头，让江格尔成为宝木巴的梦幻！"

江格尔乘其不备，突然对他们说："你们黑夜的梦，你们白天的希望，江格尔，我来了！"

说罢将7个迎面而来的秃儿通通击毙。江格尔还要继续寻找，是否还有什么隐藏的敌人。不料，忽听一个才3个月的婴儿从摇篮里发出了声音："昨天你打死了我的母亲，今天你打死了我的兄长……"

说着，那个婴儿便跳起来与江格尔扭作一团。这个小妖的本事远远超过他的母亲与哥哥们。双方搏斗了24天，不分胜负。江格尔的宝剑本来削铁如泥，可是一碰小妖，就似碰着了石头。小妖很自信地告诉江格尔，不出3个月，江格尔就会永远成为凋零的宝木巴的梦幻。

他们两人继续斯打，江格尔极力想找到小妖致命的地方。他忽然

发现小妖胸口上有个针眼大的亮光，便迅猛地用钢刀刺向那亮点，果
真拽出了小妖的心脏。那颗心燃起三股烈火，包围了江格尔。江格尔
祈求神灵和祖先降雨灭火，才免去了灾祸。

　　正是由于江格尔的以身作则的英雄行为，爱护部下，他把6000多
名勇士团结得像一个人一样。他们愿为捍卫宝木巴，为江格尔而牺牲
自己的生命。他们向江格尔庄严宣誓说：

　　　　我们把生命交给短剑长枪，
　　　　把赤心献给宝木巴天堂。
　　　　我们对勇士的功绩衷心敬重，
　　　　对魔王的罪恶万分憎恨。
　　　　我们从不嫉妒别人，也不自夸，
　　　　忠心耿耿，绝不背叛，更不贪婪。
　　　　我们袒露胸膛，把心献上，
　　　　为着宝木巴甘愿让鲜血流光。
　　　　我们不怕高山峻岭，

战马一定越过它的顶峰。

我们不怕魔王强悍凶狠，

同心协力，一定把他消灭净。

我们活着无比勇敢善良，

心地宽宏，潜藏着无穷的力量，

六千又十二个伙伴亲密无间，

就像一个人一样。

在人们的想象中，宝木巴的繁荣富庶和团结友爱正是众勇士和部落人民，经过艰苦卓绝的斗争而发展巩固起来的。这种为了家乡草原而誓死抗战不怕牺牲的斗争精神，是蒙古族的宝贵精神财富。

拓展阅读

江格尔找到洪古尔时，洪古尔已经死去了，江格尔是用神树叶子救活了他。

在江格尔去寻找洪古尔的过程中发现了一棵神树，他从上边摘下了20片神树叶，继续寻找洪古尔。他来到了红海的海滨，这时，洪古尔早已死去，他的尸骨变成了一堆绿草飘来，江格尔把绿草拉上岸，把洪古尔的尸骨依次排好，又把嚼碎了的神树叶吹到白骨上，白骨便慢慢地长出了肌肉。

江格尔再将绿叶吹到肌肉上，就变成了酣睡的洪古尔。又放进一片树叶在洪古尔的嘴里，他苏醒了，大声呼唤着江格尔。两位英雄热烈地拥抱在一起，崇高的友谊战胜了一切邪恶！

融入战斗精神的英雄史诗

到了14世纪60年代左右，人们想象的江格尔故事，首先在卫拉特蒙古族的土尔扈特部流传了起来，演唱江格尔故事的民间艺人，蒙古族语称作"江格尔奇"。

江格尔奇也同样产生在卫拉特蒙古族人中，江格尔的故事在江格尔奇中间以口授心传的方式，世代传承，并且将这部史诗取名为《江格尔》。

据传说，在17世纪初，新疆土尔扈特部，有一位江格尔奇叫做"土尔巴雅尔"。

他从小练习演唱《江格尔》，每学会一部长诗，就往怀里放进一块石头，久而久之，他演唱《江格尔》的本领达到了超凡脱俗的境界，成为一位著名的江格尔奇，此时他怀里的石头也达到了70块。

有一位王爷听了他的演唱后很高兴，赐予他"达兰·脱卜赤"称号，意思是会演唱《江格尔》70部长诗的史诗囊。

据说，后来清代乾隆皇帝得知他的事迹，在1771年正式追封土尔巴雅尔为"达兰·脱卜赤"。

江格尔奇有业余的、职业的、世家的和御前的几类。演唱《江格尔》时，一部分江格尔奇会弹奏叫做陶布舒尔的一种三弦弹奏乐器来伴奏，而另一些江格尔奇则不会弹唱。

江格尔奇都是一些民间表演艺术家，不管他们是弹唱还是清唱，他们都能以极度夸张的面部表情、富于变化的身体姿势、意想不到的手势、高低交替的声音、快慢不同的语速、优美的诗歌、幽默的语言，还有那令人陶醉的故事来紧紧抓住人们的注意力。

江格尔奇们热爱《江格尔》，到处演唱《江格尔》：在路途上，借以解除疲劳；在蒙古包里，给人们以娱乐；在仪式上，用以驱除邪恶。

他们甚至在战场上、囚室里演唱《江格尔》，以激励自己和周围的人们积极地投入到正义的斗争中去。

由于，卫拉特蒙古族经历了蒙古族统一的辉煌时期，所以卫拉特蒙古族的人们将自己所经历的诸多战争融入到了史诗《江格尔》中。

关于征战的部分，主要描写的是以江格尔为首的英雄们降妖伏魔，痛歼掠夺者，保卫家乡宝木巴的辉煌业绩。如征服残暴的西拉·古尔古汗之部，还有战胜残暴的芒乃汗之部。

征服残暴的西拉·古尔古汗之部讲述的是，主人公江格尔正远走他乡，曾经在他麾下的35勇士也纷纷出走后，暴戾成性、险恶凶残的西拉·古尔古汗便大举进犯宝木巴。雄狮洪古尔只身迎敌最后不幸被擒。西拉·古尔古汗派人将洪古尔拖进幽深的地洞，投入血海，让他受尽折磨。宝木巴遭到空前浩劫，百姓统统被驱赶到草木不生的沙原。

此时的江格尔正漫游天下，在青山南面的一座宫殿里，遇到一位天仙似的姑娘。他俩结成亲密的伴侣，生下一个男孩，起名少布西古尔。

过了3天，这个孩子便骑着江格尔的阿兰扎尔骏马上山打猎去了。

有一次打猎时，他遇上阿拉谭策吉，老英雄让他把一支箭带去交给江格尔。江格尔看到这支箭，想起昔日的荣誉，非常思念家乡，立即返回宝木巴。

可是，故乡白骨成堆，满目荒凉。他好不容易才找到一个老人，探听到洪古尔的下落，却得知洪古尔已经被投入了地洞的血海之中。于是江格尔毅然走进地洞，到7层地狱的血海里去寻找洪古尔。

那时，江格尔的儿子少布西古尔随后也来到了宝木巴。他召集众勇士共同对敌，除掉了万恶的西拉·古尔古汗，解救了水深火热中的百姓。

江格尔冲进魔窟，把恶魔斩尽杀绝，取回洪古尔的遗骨，用神树的叶子救活了洪古尔。江格尔和洪古尔回去跟众人一道重建家园，宝木巴地方又像从前一样繁荣富强。

在这个故事中，也表现出蒙古族人团结一致的精神，和对自己家乡的热爱之情。在战胜残暴的芒乃汗之部的故事中则表达了蒙古族人誓死不屈的顽强精神。

在这个故事中，芒乃汗派使者向江格尔提出五项屈辱性的条件，扬言如不应允便率领大军进攻江格尔所在的宝木巴。

江格尔的左贤王洪古尔挺身而出，发誓宁可在清泉边洒热血，在荒野里抛白骨，也不去做奴隶。

洪古尔单人匹马冲入敌阵，夺了敌方的战旗，杀死无数敌人，但因寡不敌众，洪古尔身负重伤，这时江格尔带领众将赶来助阵。萨纳拉、萨布尔受伤后，江格尔出马同芒乃汗激战。

江格尔一枪将芒乃汗挑起来，刚举到空中时枪突然断了，洪古尔连忙跳上去同芒乃汗肉搏，其他英雄也赶上前来，大家一起斩除了这个顽敌。

正是因为蒙古民族的战斗精神，使战争故事在《江格尔》中占了很大一部分。在史诗中，江格尔和他的勇士们靠战争战胜敌人保卫宝木巴国的同时，也通过战争将声誉宣扬四海。

没有战争的时候，勇士们说：

哪里才是我们大家，
松开缰绳赛跑的地方？
什么时候才能碰上，
比试刀枪好坏的机会？
什么时候才能遇见，
解闷的年轻对手？

在战斗中，他们不顾个人性命与敌人奋战，争取最后的胜利。宝木巴国的英雄们饮酒狂欢的时候，也向往着战斗，诗中这样描写：

那六千又十二名英雄，
开怀畅饮阿尔扎美酒。
不一会酒性发作，
两颊变得通红，
心突突地跳了起来，
胆量也蓦地壮了起来。
人人瞪着鹰隼般的大眼，
个个翻着顽雕般的凶睛，
一边厮闹一边嚷道：
何时再去合围打猎？
何时再和敌人相遇？

还有这样写道：

> 饮酒过量的勇士们，
> 相互撕拽纷纷议论，
> 说你在那场战争中当过好汉，
> 说我在那场恶斗中成了英雄。

勇士一生下来就跟战争结下不解之缘，如"凶恶的玛拉哈布哈"一章里，江格尔派洪古尔等4个英雄去下界讨伐玛拉哈布哈，四英雄被俘。阿拉坦策吉预言，只有洪古尔夫人肚子里的孩子，出生后才能救出4个英雄。这个孩子出世后第七天对江格尔说：

> 一个男子汉闲待三个月，
> 就会变成家里的累赘。
> 一个儿马闲待三年，
> 就会变成马群的累赘。
> 一个可汗使用的兵刃，
> 闲放在家里三年不用，
> 就会生锈变成废铜烂铁，
> 求求你快把我放走吧！

这个孩子来到玛拉哈布哈的国土，救出包括他父亲在内的4个英雄，与他们并肩作战，战胜玛拉哈布哈。

勇士们在战场上一点都不顾及个人的安危，对他们来说荣誉比什么都重要。为了维护自己的荣誉，为了证实对江格尔与宝木巴国的忠诚，勇士们宁愿献出自己的生命。对他们来说死亡算不了什么，为宝木巴国和江格尔的安全而死，是无比光荣的事。

勇士们把荣誉放在生与死的境界上去加以体验，不论胜负，只要战死在沙场上就是英雄好汉。这种价值观和生命观生动地反映在《江格尔》里。

拓展阅读

在长篇英雄史诗《江格尔》形成以前，在西部卫拉特地区曾有过许多英雄史诗"陶兀里"及其演唱艺人"陶兀里奇"。

在新疆一带卫拉特人中，在原有英雄史诗演唱传统的基础上形成了长篇英雄史诗《江格尔》，原有的英雄史诗逐渐让位于这部巨型史诗，有的则演变为《江格尔》的组成部分。

《江格尔》成为民间史诗演唱的主体内容后，江格尔奇在演唱《江格尔》的同时，往往也演唱其他英雄史诗。于是，过去的陶兀里奇便退出了历史舞台。以至于人们把其他英雄史诗的表演也归之为《江格尔》演唱。

饱含英雄情怀的传奇故事

卫拉特蒙古族是居住在阿尔泰山周围的蒙古族。卫拉特是森林部落的意思，也可译作"林木中的百姓"。

在17世纪初，新疆的卫拉特蒙古族部落之一，准噶尔部日渐强大，并想兼并卫拉特蒙古族之一的土尔扈特部。因此，土尔扈特部20

多万人，在1630年左右，从后来的新疆塔城一带向西迁至欧洲的伏尔加河一带，并建立了土尔扈特汗国。

后来，因为各种原因，土尔扈特人面临着亡族灭种的危险，于是，在1771年1月5日，渥巴锡率领17万多人，开始了举世闻名的回归祖国的万里行程。

经过8个月的残酷战斗和艰难跋涉，在1771年7月15日，渥巴锡率领的土尔扈特部终于回到祖国怀抱。在路途中，因战斗、饥寒、瘟疫而死的达10万人，幸存的仅7万多人。

土尔扈特人能战胜千难万险，终于抵达目的地的力量有两个，一个是对祖国的无比热爱，另一个就是英雄史诗《江格尔》的鼓舞。

《江格尔》长期在民间口头流传，内容逐渐丰富。其中增添了很多歌颂蒙古族人民重情重义的篇章。例如关于江格尔和诸多勇士结义的部分。

在阿拉谭策吉归顺江格尔之部中，讲了这样的故事。当时5岁的小英雄江格尔，被大力士西克锡力克俘获后，西克锡力克发现江格尔是个命运非凡的帅才，怕他日后统治天下，就企图害死他。可是，西克锡力克的儿子5岁的洪古尔用自己的生命保护了他。

接着，西克锡力克派江格尔去抢夺老英雄阿拉谭策吉的马群。在赶回马群时，江格尔中箭不省人事。阿兰扎尔骏马把他带回西克锡力克的门前，西克锡力克此时正要出猎，就叫妻子处死江格尔。

洪古尔恳求母亲不杀江格尔，并用法术治好了江格尔的箭伤。于是，洪古尔和江格尔便结为最亲密的弟兄。西克锡力克多日不归，他俩出外寻找，发现西克锡力克被扣于阿拉谭策吉的牧场。

老英雄阿拉谭策吉看出洪古尔和江格尔结为一体将无敌于天下，决心归顺他们。阿拉谭策吉便对西克锡力克说："江格尔7岁时将征服世上的妖魔鬼怪，统辖40个可汗的领地，名扬四海，威震八方。到那时，你要给他娶诺木·特古斯汗之女阿盖·莎布达拉为妻，把自己的权力交给他。我将当他的右翼首席大将，洪古尔将当他的左翼首席大将。他会治理好家乡，让宝木巴兴旺发达，繁荣富强！"

后来，江格尔果然征服了世上四方的妖怪，而西克

锡力克果然让江格尔掌握了宝木巴的一切权力。在洪古尔和萨布尔的战斗之部的故事中，也有关于结义的内容。

　　史诗中铁臂力士萨布尔的父母，临终时叮嘱他立即去投奔江格尔可汗，但他听错了双亲的遗言，以为让他去寻找沙尔·蟒古斯，萨布尔骑着栗色骏马投奔沙尔·蟒古斯的路上，在荒凉的旷野中迷失了方向。

　　此时江格尔正在宫中举行酒宴，阿拉谭策吉提醒他应当尽速降伏萨布尔。于是，江格尔便率部出发，他一声令下，6000多勇士立刻冲上前去。萨布尔抡起很长的月牙斧，把勇士们打得人仰马翻。

　　正在这个紧急关头，洪古尔从沉醉中醒来。他跨上铁青宝驹赶到疆场，挥舞着阴阳宝剑向萨布尔杀去。两位英雄你砍我杀，互不相让。最后，洪古尔从马背上提走萨布尔，将他扔到江格尔身旁的黄花旗下。

　　江格尔亲自敷药，治好了萨布尔的伤口。萨布尔苏醒过来后，一连三次宣誓："我把生命交给你高尚的洪古尔，我把力量奉献给荣耀的江格尔！"洪古尔也庄严宣誓，跟萨布尔结为兄弟。回到宫中，江格尔举行了盛大的宴会向他们表示祝贺。

忠诚感可以说是英雄史诗的一种道德尺度，表现在人物形象上就是英雄的美德。在人类的"英雄时代"，忠诚感是每个人遵循的道德准则。人与人之间以诚相待、对部落首领要忠诚、对神和自然要忠诚是那时代人的普遍心理。

这种朴素的忠诚感反映在《江格尔》里，增加了新的含义，那就是对国家和君主的忠诚。所以在《江格尔》中所塑造的勇士们都具有忠诚、坚毅、勇往直前的英雄品质。

在勇士群中，最杰出的代表是洪古尔。他是摔跤王西克锡力克的儿子，与江格尔同龄。他有非凡的膂力，作战勇猛，被称作"雄狮洪古尔"、"宝木巴的擎天柱"。人们这样描写他：

洪古尔在战斗中，
从不知后退，如虎似狼！
洪古尔豁出宝贵的生命，
单人独马征服了七十个魔王。

洪古尔肩披着乌黑光亮的头发，宽大的脸膛泛着红光，明亮的眼睛聪明睿智，鹰钩的鼻子显示着他的坚定倔强。洪古尔的双肩宽阔"有七十二只凤凰的力量"；他的腰围粗壮"有五十二个魔鬼的力量"。人称他是"西克锡力克的太阳"。

洪古尔从不知畏惧，哪里最艰苦，最危险，他便把哪里的重任承担。当江格尔答应暴君芒乃提出来的屈辱条件时，他挺身出来反对，表示他要和芒乃决一死战。他认为死不过是洒一腔鲜血，抛几根白骨，这有何可惧？可是向敌人屈服洪古尔却做不到。

洪古尔和魔王的勇士厚和查干从山上战到山下，从马上打到马下，整整酣战了49天，打得烟尘弥漫，天昏地暗。当江格尔的长枪被芒乃折断时，他顾不得自己身负重伤，从山上奔下，死死抱住了敌人，以便勇士们上来把魔王砍杀。

洪古尔的勇敢和忠诚，博得江格尔的称赞。江格尔说：

洪古尔，寒冷的时候，

你是我御寒的皮外套呵!

洪古尔,紧急的时候,

你是我嘹亮的海螺!

洪古尔,战斗的时候,

你是我坚固的盔甲!

洪古尔,奔驰的时候,

你是我飞快的骏马!

我要活捉的敌人,

你给我手到擒来呵!

我要降服的魔鬼,

你给我马到征服呵!

　　江格尔十分信赖洪古尔,每当他外出时,便把捍卫宝木巴的重任委托给洪古尔。洪古尔的忠诚和勇敢来源于他对家乡的热爱。

　　洪古尔说:

> 我和千万个凡人一样,
> 热爱家乡,憎恨魔王。
> 一旦,恶魔捣毁了金宫,
> 那时,有什么话可讲?
> 一旦,美丽的宝木已成了屠场,
> 那时,有什么话可讲?
> 一旦,我们的兄弟姐妹,
> 都成为魔鬼的奴隶;
> 一旦,四种牲畜,
> 都成为魔鬼的财富;

那时，有什么话可讲？

有什么话可讲？

此外，人们还描写了千里眼阿拉谭策吉。阿拉谭策吉能未卜先知，能洞察人间的阴谋诡计，决胜于千里之外；勇士萨纳拉，他潇洒英俊，文武双全，品德高尚；铁臂骑士萨布尔，骁勇强悍，惯使一柄月牙斧，能一手把敌人拎过马背。还有美男子明彦，他聪明睿智，能见机行事，以巧取胜。他们都是江格尔的忠实的部下，宝木巴的英雄。

《江格尔》作为一部长篇英雄史诗，史诗采用浪漫主义手法，通过丰富神奇的想象、惊心动魄的夸张、优美贴切的比喻，成功地塑造了江格尔、洪古尔和萨布尔等英雄形象。

除此之外，蒙古族人民的爱情观也在《江格尔》当中体现了出来。在蒙古族女子心中，能够嫁给一个勇猛的英雄是一件非常荣耀且幸福的事情。

在《江格尔》中有江格尔及众英雄娶亲的各种经历，这些故事也展示出他们非凡的本领和高尚的品德。如洪古尔的婚事之部、萨里亨·塔布嘎的婚事之部等。

在洪古尔的婚事之部中讲了这样的故事：在一次宴会上，洪古尔请求江格尔赐给他一个妻子。江格尔亲自去扎木巴拉可汗那里求婚，要为洪古尔聘娶美貌的参丹格日勒。洪古尔去迎亲时，参丹格日勒已和大力士图赫布斯拜了天地。

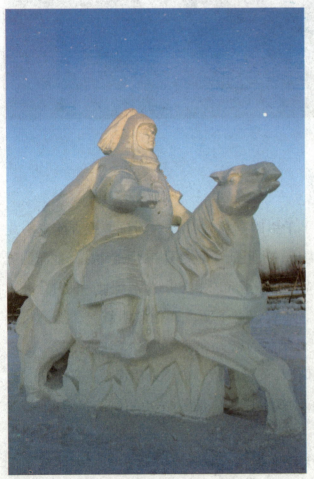

洪古尔盛怒之下，杀死了他们，然后跨上铁青马驰去。飞奔3个月后，洪古尔跟宝驹一起昏倒在荒野上，3只黄头天鹅飞来救活了他们。

他们再往前跑3个月，大海挡住了去路，海中的鲟鱼出来把他们送到了对岸。洪古尔继续奔驰，来到了查干兆拉可汗的宫殿近旁。他十分疲惫，就变为一个秃头儿，让铁青马变成一匹秃尾小马。

江格尔见洪古尔娶亲久无音讯,就出外寻找,来到查干兆拉可汗的领土上正巧与洪古尔相遇。原来查干兆拉可汗的女儿哈林吉腊早已爱上洪古尔,正是她变成天鹅、鲟鱼拯救了洪古尔。

江格尔为洪古尔聘娶了哈林吉腊公主,一同返回故乡宝木巴。

在萨里亨·塔布嘎的婚事中,讲了江格尔在高耸入云的宫殿里举行宴会时,阿拉谭策吉提出,应当请镇压四面八方的蟒古斯的英雄洪古尔来共享欢乐,江格尔便派萨里亨·塔布嘎去请洪古尔。

萨里亨·塔布嘎到了洪古尔的家里,他向洪古尔说明来意后,萨里亨·塔布嘎表示还要到太阳落的地方去娶陶尔根·昭劳汗的女儿。出发时,洪古尔和勇士们都为他送行。

萨里亨·塔布嘎跨着骏马踏上陶尔根·昭劳汗的领土后,首先击退了向他进攻的大黑种驼和白鼻梁的红色母驼,接着又战胜了阿尔海和萨尔海两位勇士,后来还打死凶悍的勇士道格森·哈尔。

快到陶尔根·昭劳汗的宫殿时,他变成一个秃头儿,他的骏马变成一匹长癞的小驹。

当他来到可汗的宫殿时,只听见陶尔根·昭劳汗正向各地来求亲的英雄好汉宣布,大家都去参加射箭、赛马、摔跤三种比赛,谁获得全胜我就把公主许配给谁。

秃头儿要求参加比赛,可汗心里虽然很不乐意,也不好不让他参加。开始比赛之前,可汗请卜卦人来算算是谁娶公主。卜卦人占卜后对可汗说,将要娶公主的是个秃头儿。

比赛开始了。射箭时,各地的英雄好汉谁也没射中目标,最后让秃头儿给射中了;赛马时,秃头儿骑着长癞的小驹得了第一名;摔跤时，秃头儿同天上和地下来的各路有名的摔跤手较量，把他们一个个摔到很远很远的地方。

3种比赛都获胜以后，萨里亨·塔布嘎恢复了自己的原貌。于是，陶尔根·昭劳汗把最小的女儿奥特根·哈尔许配给萨里亨·塔布嘎，为他们举行了盛大的婚礼。

从游牧文化中传下来的英雄主义精神，与当时的历史条件的优越感和荣誉感，成了《江格尔》的精神支柱。当时，整个民族的民族情感、精神状态、心理特性为《江格尔》的主题思想的形成提供了文化土壤，使之成为了一部饱含英雄情怀的史诗。

拓展阅读

在史诗中，勇士娶妻的条件和他们证明自己英勇无比及当之无愧的方式就是骑马、摔跤、射箭，这说明蒙古民族自古便有崇尚勇猛、强悍、进取、奋斗精神的民族审美意识。这种审美观念的产生、审美情趣的形成绝非偶然。一个民族独特的心理素质或民族性格，对一个民族特别倾心于某种审美意识是紧密相连的。

《江格尔》及其一系列蒙古族诗史中所反映出的蒙古族自古就是一个"四季出行逐水草而居"的游牧民族，长期过着游牧生活。

这种长期迁移、游牧和战争的特点，决定了马、弓箭及过人的体力在其生活、战争中重要的地位和功能。善骑、射箭、摔跤是蒙古民族生产和生活的需要，在此基础上蒙古族人民形成了对马、弓箭、摔跤特别突出的审美意识。

具有独特艺术魅力的史诗

《江格尔》是在蒙古族古代短篇英雄史诗的基础上形成的草原文学代表性作品，它继承、发展了蒙古族古代民间创作的艺术传统和艺术手法，语言优美精练，想象大胆奇特，擅长夸张、渲染，富于浪漫主义色彩。

《江格尔》还博采蒙古族民间文学中各种韵文样式在艺术上的特点，用以增强表现力，达到了蒙古族传统民间韵文创作的高峰，在蒙古族文学发展史上享有很高的地位。

另外，与世界其他著名的史

诗相比，《江格尔》有独特的篇章结构。许多民族的史诗是以连续的故事情节为主线贯串而组成的，而有的英雄史诗则以英雄人物的活动为主线，《江格尔》就属于后者。

它的特点是各个章节都有一批共同的英雄人物形象，以此作为有机联系构成它的结构体系。以江格尔汗为首的英雄人物如洪古尔、阿拉坦策吉、古恩拜、萨布尔、萨纳拉、明彦等人及其英雄事迹，始终贯串各部长诗，这就使数十部长诗统一成为一个规模宏大的《江格尔》史诗集群。

除了少数几章外，《江格尔》的各部长诗在情节上互不连贯，各自像一部独立的长诗，并作为一个个组成部分，平行地共存在整个英雄史诗当中。这种结构，国内学界已经习惯于称作"并列复合型英雄史诗"。

除了这种总体结构外，《江格尔》的各个长诗也有自己的情节结构，它们都由序诗和基本情节两个部分组成。序诗以静态手法介绍江格尔及其家乡、人民和众勇士，基本情节部分则以动态手法描写英雄们惊心动魄的业绩。

《江格尔》的每一部诗章都以优美的序诗开始，序诗交代江格尔苦难的童年，历数他在逆境中创造的丰功伟绩，赞颂圣主江格尔和天堂般美丽富饶而又幸福太平的宝木巴家乡，歌颂他那美丽善良的妻子以及勇敢无畏的勇士们。

接着，序诗叙述少年英雄江格尔神话般的事迹。江格尔在他刚刚2岁的时候，吃人恶魔蟒古斯袭击了他的家乡，他成为孤儿。

江格尔刚刚3岁，他就跨上神驹，冲破了三大堡垒。江格尔刚刚7岁，打败了东方的7个国家。从此，他的业绩光照人间，勇士的美名闻名遐迩。

江格尔的夫人永远像16岁少女的阿盖·沙布塔拉。她向左看，左颊辉映，照得左边的海水波光粼粼，海里的鱼儿欢快地跳跃。她向右看，右颊辉映，照得右边的海水浪花争艳，海里的鱼儿欢快地跳跃。

在介绍和赞美之后，艺人们由序诗转入正题，叙述勇士们的一次次英雄业绩。

《江格尔》作为一部长篇英雄史诗，史诗采用浪漫主义手法，成功地塑造了江格尔、阿拉谭策吉、洪古尔等英雄形象。

在描写宝木巴汗国的缔造者江格尔时，反复叙述了他苦难的童年与艰苦的战斗经历，把他描写成一位机智、聪明、威武、能干，深受群众拥戴，为宝木巴事业奋斗不息的顶天立地的英雄人物。

江格尔作为一代开国汗主，是国家的缔造者、组织者和领导者，受到众勇士和人民的衷心拥戴。他成了众勇士的榜样、头脑和灵魂，人民的希望，是宝木巴繁荣昌盛的象征。

此外，史诗还塑造了勇猛善战的洪古尔、大力士萨布尔、智慧的阿拉坦策基、外交家美男子明彦、能言善辩的凯古拉干等英雄形象。

这些理想化的正面形象大都是半人半神式的英雄。

他们一方面有着现实生活中的各种禀性特征，又有着天神的非凡智慧和本领。这些英雄不但具有嫉恶如仇、勇猛善战、忠于家乡、忠于人民的共同性格特征，而且具有比较鲜明的个性特征。

不仅如此，即使那些性格相近的人物也各有特点。例如，洪古尔、萨布尔和萨纳拉3员猛将，一个大公无私，一个忠诚老实，一个有时不免计较个人名誉，在性格上仍有一定的差异。

《江格尔》描写最成功的英雄形象是洪古尔。史诗饱含感情地说洪古尔身上集中了"蒙古人的九十九个优点"，体现了草原勇士的一切优秀品质。

他对人民无限忠诚，对敌人无比痛恨，有山鹰般勇敢精神，有顽强不屈的斗志。他热爱家乡、热爱人民，不畏强暴，为了宝木巴粉身碎骨也心甘情愿。

洪古尔的形象比较突出地体现了蒙古民族那种吃苦耐劳，顽强坚定和英勇尚武的性格。

　　草原英雄离不开骏马，因而史诗除了突出歌颂英勇善战的骑马英雄江格尔及其部下，还同时突出表现了主人公与其战马之间亲密无间、生死相依的关系。

　　《江格尔》塑造了一个个神奇的骏马形象，像江格尔的阿兰扎尔骏马、洪古尔的铁青神驹，都是英雄最忠实的朋友和得力助手，它们能够自由驰骋于宇宙三界，能够帮助主人出主意，在主人遇到灾难时能够保护主人。

　　江格尔的马叫"阿兰扎尔"，通达人情世故，甚至会说人话，有如神灵一般无所不能。诗中这样描写：

　　　　阿兰扎尔的丰满的臀部，
　　　　集中了一切瑰丽；
　　　　阿兰扎尔的眼睛，
　　　　集中了一切锐利；

阿兰扎尔的挺劲的前腿，

蕴藏着一切速力；

阿兰扎尔的挺起的胸脯，

和阿尔泰山一样齐；

阿兰扎尔的坚硬的四蹄，

能把敌国的土地踩成稀泥。

　　《江格尔》还塑造了很多暴君形象，如凶恶的沙尔·古尔古、残暴的哈尔·黑纳斯、芒乃汗以及多头恶魔蟒古斯等。此外，史诗还较为出色地刻画了一些普通劳动者的形象，而且在艺术创作方面也是别具匠心的。

　　并且，《江格尔》还运用了想象和夸张的写作手法，这些手法体现在对宝木巴的描写，对英雄人物和美女的描写，对战斗场面和战马的描写，以及对敌人的描写，而且文字生动优美。

如对江格尔的宫殿是这样描写的：

江格尔的宫殿壮丽雄伟，

六十六个檐角凌空欲飞，

八十八个纹窗璀璨夺目，

七千根画栋绚丽多彩，

巍峨的宫顶穿过云海，

距那天宫只有三指远。

珊瑚玛瑙铺地基，

珍珠宝石砌墙壁，

万有的至高的主宰者，

是孤儿江格尔。

他坐在四十四条腿的宝座上，

光辉灿烂，好像十五的月亮。

史诗对江格尔妻子阿盖的美丽的描写，也具有同样的特点：

阿盖向左看，左颊辉映，

照得左边的海水波光粼粼，

海里的小鱼欢乐地跳跃。

阿盖向右看，右颊辉映，

照得右边的海水浪花争艳，

海里的小鱼欢乐地跳跃。

史诗为了强调表现某一人物和事物,大量运用了数字的夸张。如写英雄萨纳拉身穿"七十层厚的战袍,七十层厚的战袍上披挂着八层铠甲"。写千里眼阿拉谭策吉则用"七十个人也抬不动的大碗,一气干了七十五碗美酒,一连又喝了八十五碗醇酒"。

描写洪古尔的威武,说他"腹粗八十五尺,腰围三十五丈,洪古尔身上凝结着十二头雄狮的力量"。有一回,他被魔王芒乃射中一箭,竟用了12个勇士,才把他身上的箭矢拔下来。

洪古尔使用的宝弓巨大无比,要用500个力士才能给他上弦,一箭能射穿50个敌人的头颅。

明彦跑进魔王昆莫的宫殿,用利剑在魔王身上捅了71下,才使魔王从睡梦中醒了过来。魔王的勇士扎拉干一步能跨一条河,两步能跃一座山。

这些想象和夸张的语言描写,表现出一种粗犷雄浑的精神气质,使人物形象跃然纸上。

《江格尔》的民族性还表现在语言运用、表现手法等诸多方面。如运用丰富优美的卫拉特民间口语，融合穿插蒙古族古代民歌、祝词、赞词、格言、谚语，以及大量采用铺陈、夸张、比喻、拟人、头韵、尾韵、腹韵等。

总之，《江格尔》像一座民族历史画廊，又似一座博物馆，更像那远古民族向后人弹奏的一部天籁曲，诉说着蒙古人民的古老传说。

拓展阅读

《江格尔》通过其丰富的思想内容和生动的艺术形象，描绘了洋溢着草原生活气息的风景画与生活图景，体现了蒙古民族特有的性格特征和审美情趣，在艺术风格方面具有鲜明的民族特色。

史诗满怀深情地描绘了阿尔泰山的奇壮景观，对古代卫拉特部落的生活环境，作了富有民族特色的渲染。

蔚蓝的宝木巴海，高耸入云的阿尔泰山，翡翠般的千里草原，一望无际的银色沙漠，嘶鸣奔腾的马群，玛瑙般的牛羊，光芒四射的巍峨宫殿，构成一幅五光十色、绚丽多彩的草原特有风景画。

在辽阔的草原上，牧马人拿着套马杆翻过高山，越过湖泊，追逐奔驰的烈马的精彩场面，嫩绿的牧场上举行着的"好汉的三种竞赛"的情景，令人神往。

达到了诗歌艺术的高峰

《江格尔》是数百部蒙古族英雄史诗中最优秀的一部，也是整个蒙古族民间诗歌艺术中最有代表性的作品。它由广大蒙古族群众创作而成，是集体审美意识的体现。

世世代代居住在大草原和山林中的蒙古族牧民和狩猎人，按照自己的审美方式不断创造和加工着《江格尔》，使其吸收着代代相传的蒙古族古代诗歌的艺术精华，从而达到了蒙古族民间诗歌艺术的最高峰。

蒙古族史诗《江格尔》中的主人公江格尔是一位顶天立地的英雄。他从3岁起便策马降魔，少年时便将42

个可汗的领土攻占。他一生中率领英勇的部下，同异族侵略者进行顽强奋战，保卫宝木巴国，使人民幸福安康。

《江格尔》中的骏马形象塑造得神勇高大、矫健、丰满、神勇，具有理想化的特征。勇士们的骏马亦身躯高大、外形漂亮、动作敏捷、无所畏惧，而且同勇士一样有胆识、力量和勇气。它们身上集中体现了蒙古族人对于马的爱戴。

洪古尔在娶妻途中唯一的伙伴菊花青宝驹，史诗有着这样的外形描绘：

> 骏马的四蹄钢铁般坚硬；骏马的鬃毛翅膀般扇动。闪闪发光的长鬃，带起铮铮的琴声；又粗又长的尾巴，甩出动人的笛音。

骏马不但发挥了坐骑一切功能，还是一匹人格化的骏马，和人一样有意识、语言。例如，洪古尔在娶妻的途中，吃饱喝足，竟然酣睡了过去。

他的坐骑宝驹菊花青提醒洪古尔说道:

> 像在父亲的家里一样,你竟能这般坦然的睡觉!不要说你是万能的人,就是我这个草包,也想念北方的故土,已到了难以克制的地步,岂能在这里久留!

于是,洪古尔苏醒过来,振奋精神,一鼓作气,驰过草原、跨过雪山,飞向他的目的地。对于单枪匹马娶妻路上的勇士而言,骏马此时是他唯一的助手与伙伴,骏马可以给勇士勇气与智慧,可见骏马对于勇士而言,可以增添勇气和激发斗志。

除善骑外,娶妻的勇士们不论有没有遇到阻挠或拒绝,还必须通过摔跤和射箭来证明自己的英勇与胆识。如洪古尔之子浩顺·乌兰在娶妻时与其他勇士较量的第一项便是赛马，浩顺远远地甩开了对方。

第二项射箭，其比赛要求非常之高。射出的箭，须射中芦苇的节子，穿过狐狸胯骨的窟窿，射裂白皑皑的雪峰，射到7条河的源头，燃起7堆野火的地方，还要不等飞箭落地抢先赶到，将箭头叼在口中，这项比赛才能算得取胜。

比赛标准如此之高，这说明当时蒙古族勇士的射箭是必备的技能，也是手到擒来的基本功。

史诗中对于弓箭的描写也非常细致、具体。弓箭是勇士们必不可少的实用武器，而且也是装饰品，正如身佩腰刀一样。这种审美形态能使人产生一种雄伟、刚健的壮美感。

浩顺与对手第三项是摔跤的角逐，这不仅仅是力量的对抗，更是智慧与技巧的较量。浩顺"使用妈妈交给的计谋，使用爸爸传给的惯术，使用各种脚绊"才将对手制服。可见，蒙古民族崇尚的不单单是勇猛和剽悍，更欣赏的是勇与谋，智慧与力量的结合。

勇士们只有具备了这些特点，他的子民心中才把他们和勇猛、矫健、昂扬、奋发、潇洒、灵秀、忠义、赤诚等赋予英雄的审美价值相联系。赛马、骑射、摔跤可以说是民族审美意识的集中表现，民族美学的物化形态。

另外，《江格尔》还体现了蒙古族人民对酣睡的审美观。赛力罕塔卜克是江格尔手下的一名勇士，史诗在他去请洪古尔途中有一段对于他酣睡的描写，而唤醒他的便是他的坐骑白龙驹。

史诗是这样描述的：

　　勇士来到茫茫的荒原，搭起炉灶，把枯木点燃，紫色的铜锅里，将红茶熬煎。他胡乱地把茶扬了一气，把一大块酥油放进茶里，然后他喝起浓酽的茶水，三川柳似的周身红遍，皮条似的舒展身躯，躺倒酣睡。

　　熟睡了七七四十九天，那洁白的骏马，哎哎嘶鸣，口吐人言：赛力罕塔卜克将军呀！难道咱们是为了睡觉，才来到这旷无人烟的荒郊？

　　《江格尔》中对于英雄出征前酣睡的描写并不少见，只是英雄酣睡的地点不同，有的在山中，有的在山林中，有的在荒野上，而无一例外的大都在战争的前夕，唤醒英雄的一般都是他们的坐骑，醒来之后的英雄精力充沛、体力过人，在战争中表现得更加勇猛，从而取得胜利。

　　洪古尔在活捉魔鬼端殊日格尔勒前夕，在清凉的泉边，茂盛的草滩上四肢伸展像皮条，全身红得像三川柳，直睡了七七四十九个黑夜和白昼。

　　洪古尔在睡醒之后更是精力过人，史诗中说他"公驼般的吼叫了一声，牦牛般的伸了一个懒腰"。

　　然后洪古尔出发后，先是砍掉了魔鬼的使臣，又骑马飞驰3个月，直奔魔鬼的宫殿，10万黑魔也未能抵挡住力大无穷的洪古尔，最终将魔鬼端殊日格尔勒活捉。

对英雄酣睡的描写恰好反映了蒙古族人民原始思维逻辑的审美意识。他们发现如果困顿体乏，只要踏踏实实地睡一觉，体力、精神自然就会恢复，从而精力旺盛。因此他们认为，英雄同样需要通过酣睡补充体力和精力。

英雄们酣睡起来非常人能比，一睡就是几十天，甚至几个月。人们相信睡的时间和体力的充沛成正比。而给予英雄们睡觉的时间越长越表达了蒙古族人民对于力量的推崇。力量、精力、强健是英雄的标志也是这种原始逻辑审美意识的又一具体化形态。

英雄死而复生在《江格尔》中也占有重要位置。江格尔、洪古尔等都经历过死而复生的事，从他们关于死而复生的描写中，可以发现蒙古族人民对于生命的审美意识。

从中可以发现两个鲜明特点：一是搭救者往往为女性。在蒙古族原始人们的思维中，女性是生命的缔造者，她们既能孕育生命也有起死回生之术。因此在《江格尔》中，妇女形象有着神奇的一面，她们个个都有着非凡的本领。

　　如江格尔的妻子阿白·葛日洛能辨别真伪，且能牢记住99年前往事，预知未来99年的事情；洪古尔的妻子卓莉赞丹是个神仙般的女人，她不但预知世事，还能变出铁马、铁兵阻挡敌人；洪古尔的母亲希莉苔·赞丹·葛日洛夫人有着萨满般神奇的法术。

　　这些具有超凡本领勇士的妻子们，还个个美貌如花，多才多艺。如洪古尔之妻卓莉赞丹，她像永不凋零的花朵，她有着白皙的前额，肌肤好似白丝绸，身段长得丰满而秀美，两颊红得活像草莓，10个指头细而又长，全身闪射着朝阳般的金辉，还有一副善良心肠。满腹的学问，含而不露，满脑的智慧，使用不完。

　　蒙古族人民的审美观中最美的是阳光和月光，女人脸上光彩的描述足以淋漓尽致的表达出，牧民们心中理想的美女形象。由此可见，《江格尔》中对于女性形象的塑造源自于远古蒙古族牧民们的自然审美观。

　　二是搭救手段往往为天赐甘露或神丹妙药。在蒙古族原始人们的思维中，对于大自然更多的是畏惧与臣服。当看到日月星辰的交替、四季周而复始的运转、动植物的生与灭，他们自然联想到人的生老病死及不可抗拒的生命消失。因而，远古先民将最美好的希望寄托在英雄身上。

　　英雄不仅仅是一个具有超越人的非凡之人，更是蒙古族人民审美意识的具体载体。凡人生死或许无关紧要，英雄是永远不会逝去的。

　　英雄是智慧、勇敢、正义、剽悍、力量、机敏等诸多审美价值的综合象征体。因此，人们力求借助巫术形式、借助于天意、天赐之露、灵药等神力，使英雄得以复生，永葆生命力。

　　人们认为，只有英雄的永生，由他们审美意识而想象出的理想人性及生活才能得以实现和延续。洪古尔是《江格尔》中最引人注目、最出众的英雄。因此死而复生的次数也最多，并且每次死而复生之后会立刻投入战斗中。

同时，人们又把这种理想化寄予现实中，即所有将领都像史诗中的英雄那样无限忠于民族、忠于人民，在战斗中发挥英勇无畏的英雄气概，过人的智慧与无人能比的高强武艺。

蒙古民族在自己独特的生活环境中，创造了自己独特的文化，并建立了自己独特的审美意识。这种审美意识又影响着其文化的倾向，从而上升到影响民族心理素质和民族性格的形成。

民族心理素质和民族性格又决定了他们在文化生活中，对审美对象和审美形式的追求。勇猛、顽强、进取是蒙古民族的民族精神，也是蒙古民族的审美意识。二者相互影响、相互促进，在历史的长河中慢慢积淀，而后成为被后人们广为传唱的英雄赞歌。

拓展阅读

《江格尔》中以重要的骑马、射箭、摔跤为结尾程式的审美物化形态至今流传并延续下来。成为了以后蒙古族传统节日盛会"那达慕"主要的三项内容。

那达慕是蒙古族人民具有鲜明民族特色的传统活动，也是蒙古族人民喜爱的一种传统体育活动形式，那达慕大会的内容主要有摔跤、赛马、射箭、套马、下蒙古棋等民族传统项目。

"那达慕"是蒙古语的译音，不但译为"娱乐、游戏"，还可以表示丰收的喜悦之情。